JN102825

「私の気持ちは
いつでもお側に、ですので」

目次

藤宮周

進学して一人暮らしを始めた高校生。
家事全般が苦手で自堕落な生活を送る。
自己評価が低く卑下しがちだが心根は優しい性格。

椎名真昼

周のマンションの隣人。
学校一の美少女で、天使様と呼ばれている。
周の生活を見かねて食事の世話をするようになる。

お隣の天使様にいつの間にか駄目人間にされていた件 6

佐伯さん

GA文庫

カバー・口絵・本文イラスト
はねこと

第１話　天使様のお目覚め

　どこかから、鳥が囀《さえず》る声が聞こえた。

　心地よい気怠《けだる》さと温《ぬく》もりに支配された微睡《まどろ》み状態からゆっくりと意識をはっきりさせていく周《あまね》は、まだ寝たいと抵抗している瞼《まぶた》を何とか持ち上げた。

　寝起きのぼやけた視界で今の状態を確認すると、開いたカーテンから朝日が差し込んでいる事、そして普段はない温もりが側《そば》にある事に気付いた。

　冷房のタイマーは切れているのかじんわりと染《し》み込《こ》むような暑さを感じるが、腕の中の温もりは不快なものではない。

　全身を未《いま》だに支配する倦怠感《けんたいかん》をそのままに温もりを抱き締めると、ふんわりとした甘い匂《にお》いと「んぅ」とその匂いに負けず劣らずな甘くかすれ気味の声が聞こえた。

　ようやくそこで腕の中に視線を向けると、寝起きでは見慣れない艶《つや》やかな亜麻色《あまいろ》の川が視界に映った。

　咄嗟《とっさ》に声を堪《こら》えたのはいい判断だっただろう。腕の中で穏やかな眠りに就いている真昼《まひる》に、周は飲み込んだ声を吐き出す代わりに静かに深くため息をこぼした。

（……そういえば、昨日、真昼と一緒に寝たんだった）

思い出したので飛び起きる事こそなかったが、それでも寝起きの心臓への負担は変わらない。

どっ、どっ、と体の中で大きく音を立てる心臓に息苦しさを感じるが、真昼の安らかそうな寝顔を見ると心臓も少しずつ穏やかな拍動を取り戻していく。

深呼吸して落ち着きつつ、改めて真昼の寝顔を眺めた。

周の二の腕に頭を乗せて規則正しい寝息を立てている真昼は、つい見とれてしまいそうなほどに可愛《かわい》らしくてあどけない。

安心し切っているのか幸せそうに頰《ほお》が緩《ゆる》んでいて、寝ているのに穏やかな笑みを浮かべているような印象を抱かせた。

（……ほんと、無防備で可愛い）

天使の寝顔と言っても過言ではない。天使の名に恥じない美しさと清楚《せいそ》さがあった。

本人に言ってしまえば恥ずかしがってしばらく拗《す》ねそうなものだが、あくまで内心で留《とど》めているために好きに思える。今なら呟《つぶや》いても気付けないだろうが。

可愛いなあ、としみじみ思いながら眺めつつ、暇している片方の手で優しく真昼の頭を撫《な》でる。

天使の輪を完備したキューティクルばっちりのサラサラした髪を優しく梳《す》きつつ、痺《しび》れている枕《まくら》代わりの腕を起こさないようにそっと動かして体勢を少しだけ変えておく。こうする事でもっと真昼の寝顔を鑑賞出来るのだ。

この寝顔を見続けられるなら、腕の痺れなんて安いものだろう。

未だに起きる気配のない真昼に小さく笑いつつ、柔らかそうな頬を指先で撫でながら飽きる事なく眺めていると、扉の方からノックの音がする。

「周、起きてるかい」

扉越しに控えめにかけられた声は、父親のものだ。

(どうしたものか)

おそらく起こしにきたのだろうが、周がここで返事をすれば真昼が起きてしまいかねない。

折角こんなにも安らかに眠っているのに起こしてしまうのは可哀想《かわいそう》であるし、周としてはもう少しこの寝顔を眺めていたい。

かといって、返事がなければ起こしに入って来るだろうから、どうするべきかと悩んでいたのだが――結論を出す前に、扉が開いた。

扉の向こうから見慣れた父親の姿が見えて、周はやや頬を強張《こわば》らせる。

対して、修斗《しゅうと》は周の居るベッドの方を見て、目を丸くした後に「おや」と小さな笑みを浮かべた。

ああこれ志保子《しほこ》に伝わって後でからかわれるやつだな、と一瞬で悟った周は、諦《あきら》めて頬をひきつらせながら人差し指を口の前に立てた。

しー、と声を出さなくても、言いたい事は伝わるだろう。

理解力の高い修斗は周の仕草一つに頷《うなず》きを見せ、それから微笑《ほほえ》ましそうにこちらを眺めてひらひらと手を振って静かに部屋を出ていった。

僅《わず》かに扉の金具が擦《こす》れる音と控えめな足音が遠ざかるのを確認して、周は音を立てないようにため息をつく。

(勘違いされていなければいいんだけど)

恋人同士が二人ベッドで寝ていた、なんてあらぬ勘違いを招くだろう。

付き合ってこうして夜に部屋で二人きりになっても触れるのみのキスだけという非常に健全な関係だが、両親はどこまで進んだのかなんて分かる筈《はず》がない。

いや、情事の跡なんて全くないのだから、修斗ならそこまで邪推しないかもしれないが、それでも恥ずかしいものは恥ずかしい。

後で追及されるのは覚悟しつつ真昼の髪を撫でていると、もぞりと腕の中で華奢《きゃしゃ》な体が身じろぎする。

元々規則正しい生活をしている真昼がここまで起きなかった事が珍しいかもしれない。

「……ん」

小さく喉《のど》を鳴らして温もりを求めるように周の胸に顔を埋《うず》め直している真昼に無性に愛《いと》しさを覚えつつも、流石《さすが》に衝動のままに抱き締めたら完全に覚醒《かくせい》させてしまうので、頭を撫でるに留めておいた。

もう冷房は切れている筈なのだが、真昼は周から離れず頬を擦《す》り寄せている。冷え性なのかと足先に自分の足先を触れさせれば周よりひんやりとした体温が伝わってきたので、やはりそうなのかもしれない。

それなら昨日の冷房は寒かったよな、と反省しながら真昼を温めるように足を絡《から》め、そっと背中に手を回して温もりを直接伝える。

一緒の温もりを分かち合えたら幸せな気がして、柔らかな体を包み込んで優しく触れていたら、今度は大きく身じろぎをして、真昼がゆっくりと顔を周の方に向けた。

ぽたりと音をたててしまいそうなくらいにとろみと湿り気を帯びたカラメル色の瞳《ひとみ》は、周の顔を見てもまだぼんやりとしている。

表情もどこかふやけたような眠たげなもので、余計に幼く見えた。

「ごめん、起こしたか？」

眠たげな真昼に微笑んでまた頭を撫でると、またふにゃりと瞳を閉じて、今度は心地良さそうにされるがままになっている。

完全に寝ぼけてるな、と思いつつ、それならそれでと半覚醒の真昼を可愛がるように頬を沿うように指を動かすと「んむぅ」となんとも可愛らしい声が漏《も》れていた。

（……寝起きだと割と甘えん坊だよなあ真昼）

寝起きだとゆるゆるな真昼が愛らしく、ついつい愛《め》でるように眺めて触れていたのだが、流石に五分ほどすればまどろみから意識が引き上げられた瞳がぱちりと開く。

起きたな、と確信した周が「おはよう」とわざと頬にキスしてみると、面白《おもしろ》いほどに硬直した真昼が見られる。

「……え、あまねく……？　な、なんで」

「覚えてないのか？　あんなに暑い夜を一緒に過ごしたっていうのに」

どうやら寝起きで頭が回り切っていないので、語弊のある言い方をしてみた。

ちなみに嘘《うそ》はついていない。熱い夜ではなく気候的に暑い夜だが。実際は冷房で冷えていた、というのは言わないでおく。

夜を一緒に過ごした、という言葉に真昼は「え、えっ」と上擦《うわず》った声で周を見て、それから自分の格好を確認していた。

多少服は着乱れているかもしれないが、いかがわしい事をした痕跡は全くないだろう。実際していないのだからあっても困るが。

「冗談だけどな。……してないよ、何も」

「は、はい……」

「まあ頬にキスくらいはしたけど。さっき」

おはようのキスくらいなら許容範囲だろう、と笑えば真昼は真《ま》っ赤《か》になっている。小さく

「朝から刺激が強すぎます」なんて呟きがこぼれていたので、ひっそりと笑った。

「……すっかり安心して寝てくれていたみたいだけど、よく眠れたか？」

ようやく頭が完全覚醒したらしい真昼を抱き起こしつつ問いかけると、真昼は周の腕の中で恥ずかしそうに瞳を伏せる。

「……その、周くんの腕の中が、落ち着いて」

「ドキドキはしてくれないのか？」

「そ、そりゃあしますけど……でも、落ち着きます」

今はドキドキしてますけど、と呟きつつ周の背中に手を回した真昼に、周は喉を鳴らして笑って真昼の顔を覗《のぞ》き込む。

「そんなに落ち着くんなら、なんなら毎日一緒に寝るか？」

「そ、それは、そのっ」

「冗談だよ」

真昼がうろたえるのは知っていて言ってみたので、別に本気にしてもらわなくていい。

周としても、毎日一緒に寝る、なんて事になったら理性が死にそうだ。今でさえ割とギリギリのところで留まっているのに、毎日横で寝るようになったらその内手を出しそうで怖い。

冗談で収めておかないと身がもたない、と自分の理性を信用し切らないように自分自身に言い聞かせておくのだが、真昼が俯《うつむ》いている事に気付く。

からかいすぎたか、と真昼を宥《なだ》めようと背中を軽く叩《たた》いた時に、彼女は周を見上げるように顔を上げた。

顔は、薔薇《ばら》色に染まっている。

「……っ、た、たまに、なら」

そう小さく上擦った声で呟かれて、周は一瞬頭が真っ白になった。

たまになら。

つまり、お泊まり自体は嫌でない、という事だ。

周の隣で寝るのは、いいという事。

「本気で言ってるのか？」

「こ、こいびと、なら、お泊まりくらいしても……いいのでは、ないですか」

「……そ、そうだけど、さ」

そう言われたら何も言い返せない。

高校生同士の恋人なんて、お泊まりは普通にするものだ。むしろ周達はかなりスローペースな方だろう。

樹《いつき》達もよく千歳《ちとせ》の家に泊まっているし、なんなら周達がまだまだ届かないような事までしている。

ただ、問題として、お泊まりと言われたらそういう事をちょっとでも期待してしまう。男のサガであり、彼氏としてある種当然の期待を抱いても仕方がない。

周が何を考えたのか察したらしい真昼があわあわと顔をこれでもかと真っ赤にしていて、若干涙目で周を見つめる。

「その、別に、そういう事を望むのではなくてですね。……周くんと一緒に居る時間が長くなるの、嬉《うれ》しいから……」

「……おう」

「……いや、ですか」

「嫌な訳ないだろ。むしろ嬉しいというか」

不安げに見上げられたので強く否定したが、微妙に本音が漏れた。

恥ずかしそうに震える真昼に反省しつつ、内側からせりあがってくる欲求を飲み込んで、真昼の頭を撫でる。

「……ま、まあ、また今度、な」

「は、はい」

「ほら、そろそろ支度《したく》するか。真昼も着替えるだろうし」

「そ、そうですね」

とりあえずこの話題は一旦《いったん》終わりにする事にした。これ以上考えてたら色々と活動に支障が出そうだ。

深呼吸して落ち着きを取り戻そうとしつつ真昼を離せば、真昼は羞恥《しゅうち》からかそそくさとベッドから降りて、振り返る。

どうかしたのか、と思った瞬間に、一気に彼女の距離が詰まった。

ふわりと香る甘い匂いと、唇に触れた柔らかい感触。

どちらもすぐに離れて、代わりに柔らかくなびく亜麻色の髪が頬を擽《くすぐ》った。

「さっき周くんがいっぱいからかったので、仕返しです」

そう、恥ずかしさを堪《こら》えたような赤らんだ顔で告げて、髪を翻《ひるがえ》して足早に部屋を後にしていく。

周はそれを見届けて、そのままもう一度ベッドに寝転がった。

(落ち着くまで当分出られないんだが)

意外にも真昼が大胆な事を痛感しつつ、周は体から熱が引くまで天井《てんじょう》を眺め続けた。


「あら周おはよう」

ダイニングでは既に両親が座って待っていた。

キッチンから調理音がするし見慣れた亜麻色が見えるので、真昼が約束のオムレツを作ってくれているのだろう。

「……おはよう」

「ほら座って座って。真昼ちゃんが今周の朝ご飯作ってくれてるから」

「おう」

周が諸々《もろもろ》落ち着かせていたせいでかなり遅れていた間に、真昼が先に来て用意をしているのだろう。

元々オムレツを作ってもらう約束ではあったのでちょうどよかったかもしれないが、今後は朝っぱらからいちゃつくのは控えめにしたいところである。

「仲いいわねえほんと」

「……交際してるなら別に普通だろ」

「まあそれもそうだけど、彼氏彼女の仲を通り越してるからねえ。若奥さんみたいだよね」

のほほんと周を見ていた修斗の言葉に、キッチンからがしゃっと皿をシンクに落としたような音がした。

割れたような音ではなかったのでよかったが、動揺して落としたのは確かだろう。

「あら真昼ちゃん大丈夫？」

「は、はい、お皿も割れてません。すみません落として……」

「いいのよー。誰《だれ》にでもミスはあるもの」

半ば人為的に起こされたミスなのだが周は口にせず、にやにやとこちらを見てくる志保子の視線をスルーする事に決めた。

一度構うと余計につつかれるのはこの十六年間で学んだ事である。

乗ってこない周にほんのり不満そうな志保子であったが、修斗の穏やかな「からかおうとしない」という声に素直に従っていたので、周としては一安心である。

そうして少しして、朝ご飯が食卓に並んだ。

「で、昨日の出かけた時に何かあったのかしら」

周のためにオムレツを作ってきた真昼が席についたところで四人での朝食が始まったのだが、一口ご飯を口に放り込んだところで志保子からストレートな疑問が飛んできたので、固まってしまう。

てっきり真昼と過ごした夜について聞かれるのかと思いきや、そのきっかけになった出来事の方に気付いて問いかけてきたのだ。驚きもする。

とりあえず口に物を入れながら喋《しゃべ》る訳にもいかず、よく噛《か》んで飲み込んでから口を開く。

「……何でそう思ったんだよ」

「私達が帰ったら様子違ったから。何かあったんだろうって」

「流石に息子の様子が違ったら分かるよ。親を甘く見ては駄目だよ」

平常通りでいたつもりなのだが、どうやら両親には見透かされていたらしい。

やや心配そうな眼差《まなざ》しを向けられるが、周としてはもう乗り切った事で過ぎた話なので、心配されるほどのものではなかった。

「別に。散歩してたら東城《とうじょう》と会ってちょっと言われただけだよ」

「ああ、そういう事か。……その様子だと、吹っ切れたみたいだね」

「そうだな。吹っ切れたっていうか、乗り越えたというか。もう、煩《わずら》わされる事はないと思う」

当時を思い出しても、胸が痛む事はもうない。元凶と言ってもいい人間に会っても、胸の内は凪《な》いだままだ。

それが隣に座る真昼のお陰だという事を、この話題が出た事によって改めて痛感した。

「一回り成長したんだね、いい事だよ」

もう平気だ、という事に修斗は安堵《あんど》しているようだった。

当時は両親に多大なる心配をかけたので、やはり今でも心配だったのだろう。一応高校生の頃にはある程度立ち直っていたのだが、それでも不安なものは不安だったらしい。

修斗が安堵する一方、志保子は東城という名前に微妙に呆《あき》れたような表情だった。

「最近会う機会なんて全くなかったけど、東城さんのところの子はお変わりなさそうなのねえ。ご両親はとてもよい方なんだけどね。まだ反抗期なのかしら」

本人の性格や仕事上、志保子の顔は無駄に広い。周が知らないだけで恐らく想像がつかないところにまでコネクションがあるだろう。

当然、地元の人間とは交遊があるし、東城の両親とも関《かか》わりがあった。

周も東城の両親とは会った事があるが、裏表のない非常にいい人達だった記憶がある。息子のした事を謝られた事もあり、彼らに思うところはなかった。

「さあな。別に関わりないし興味ないし。もう会う事もそうそうないだろ」

「周のそういう割り切り方は長所よね。……もし心の調子を崩したら、実家に帰ってくるようになんて言わなければよかったと思ってたもの」

半年に一度顔を見せるようにという約束ではあったが、両親も気に病んでいたようで帰省を求める事は少しためらっていたらしい。

「帰るのを決めたのは俺《おれ》だし。……それに、結果的によかったよ、会って。吹っ切れたし」

周からしてみれば、あの時東城と会ってよかったと思っている。

どうしても辛《つら》くて耐えられない事から逃げるのは悪い事ではないし、それで救われるなら逃げればいいと思う。

それでも今の周にとって、昨日は向き合う事が正しかった。

ずっと逃げ続けた事がしこりになって胸の奥に残り続けているより、正面から乗り越えて糧にした方がいい。そして、乗り切ったからこそ自分の中に揺るぎない確かな芯《しん》が胸に出来たのだろう。

東城や久しく会わない数人のお陰で真昼と会えたのだから、むしろ感謝してもし切れないかもしれない。彼らにとっては不快かもしれないが、今の周からすればありがたい存在になっていた。

なんの憂いもないと言わんばかりの周に、志保子が柔らかい笑みを浮かべる。

「子供って成長するものよねえ。あの時は壊れそうで心配してたんだけど……もう心配も必要なさそうだわ」

「愛は人を強くするものだからね」

「クサイ台詞《せりふ》言うなよ父さん……」

「でも実際そうだろう？」

「……そうだけどさ」

真昼のお陰で真っ直《す》ぐに立ち直れたし、一人で立った上で支え合うという選択肢が生まれた。

これを愛の力、なんて口にするのは恥ずかしくて出来たものではないが、確かに愛情が周を動かす原動力になったのも事実だ。

「はは。周もようやくいい人を見つけたって事で嬉しいよ。私にとっての志保子さんのように、ね」

「……は、はい」

静かに話を聞いていた真昼が照れたように縮こまっていて、修斗も志保子も微笑ましそうな眼差しを向けている。

「真昼ちゃんも周に頼ってね。いつも周の世話ばかり焼いてて心配になっちゃうわ」

「い、いえ、私は……いつも、周くんに頼りきりですから。支えられています」

それはこちらの台詞なのだが、真昼は本心から思っているようで周を見てはにかむ。

「それならよかった。……周も、椎名《しいな》さんの献身に甘えすぎずに支え合っていくんだよ？」

「分かってるよ。ずっと側に居るんだし、支え合うのは当たり前だろ」

言われずとも、真昼とはこれからも支え合って生きていくつもりだ。

隣に居る人に寄りかかってばかりで相手の負担を考えられない人間にはなりたくない。

確かに周は真昼が居なければ駄目人間ではあるが、人として駄目になるつもりはなかった。

今回周が真昼に支えてもらったように、真昼に辛い事があれば背中を支えるし、手を引いていく。

それが共に歩み生きていくという事だと両親を見て強く胸に刻まれたし、周もそうありたいと願った。

その相手が見つかったのは、きっと周にとって最大の幸福なのだろう。

生半可な覚悟で真昼の隣を歩くわけではない、と隣の真昼を見たら、顔をこれでもかと真っ赤にして震えていた。

泣く前兆にも見えたが、これはそれより羞恥で満たされて爆発《ばくはつ》寸前といった方が近い。

周と視線が合った瞬間瞳を伏せてしまうので、間違いなく恥ずかしくて居たたまれないようだ。

それでも逃がしてやる訳もなく、テーブルの下で手を握ってみせれば、びくんと衝撃を逃が

すように体を跳ねさせた後、手を握り返してくれた。

「やだもう可愛いわねえ。これからお仕事がなかったら目一杯可愛がるんだけど」

そんな真昼の様子を眺めていた志保子が満面の笑みを浮かべている。

本人の言葉通り、仕事がなかったら真昼を愛でていただろう。

「二人はさっさと仕事行ってこい」

「その間に周はいちゃつくと」

「そうだよ悪いか」

もう何を言っても茶化《ちゃか》されそうなので堂々と肯定すれば握られた手が震えるが、力が緩む事はない。

恐らくではあるが、喜んでくれたのだと思う。

以前の周なら完全否定していたので、志保子は素直に認めた事に驚いて、それから嬉しそうに笑った。

「開き直ったわねえ」

「うるさい」

「いい事だわ。周にも春がやってきたんだもの」

「もう夏くらいの暑さかもしれないね」

「年中常夏《とこなつ》の二人に言われたくない」

「そんな二人の間に生まれたあなたも常夏予備軍ねえ」

実に楽しそうに、そして祝福するように笑みを浮かべた志保子に渋い顔をするものの、真昼が嫌がってなさそうなのでまあいいかと諦めてそっぽを向いた。

両親が仕事に出かけたので、二人はとりあえず周のベッドに並んで座る事になった。

場所のせいではあるだろうが、普段通りの距離だというのに真昼は微妙にぎこちなさを見せていて、やけに周を意識しているのが分かる。

ちらちらとこちらを見て視線が合えばうっすらと頰を染めるので、こちらも微妙にくすぐったさを感じた。

「そ、その、いちゃつくって」

しばらく視線を合わせては外すという行為を繰り返した後、おずおずといった風に問いかけてくる。

どうやらいちゃつくという言葉が気になっていたらしく、口にした後赤らんだ頰は更に赤みを増している。

「ん？　ああ、両親にはああ言っとけば必要以上には詮索《せんさく》されないから。否定した方がからかわれるし」

「そ、それはそうかもしれませんけど……つまり、本当はいちゃつかない、と……？」

「いや、その、俺的にはいちゃつきたいかな」

親の言葉を肯定したのは建前《たてまえ》のようなものだったが、周の気持ち的には真昼が許すなら『いちゃつき』を存分にしたいと思っている。

我ながらがっつきすぎているのだろうか、と自嘲《じちょう》してしまいそうな台詞に、真昼は「……は、はい」とか細い声で頷く。

頷いたものの、もじとじと体を縮めて恥じらう仕草を見せているので、意識されてるなあと苦笑してしまった。

「嫌なら別にいいけど」

「そんな訳ないです。私が嫌がる訳がないです。周くんとなら、その、どんな風にでも……い、いちゃつきます、から」

「そっか」

「で、でもその……い、いちゃつくって、具体的にどうすれば」

真昼の言葉に、沈黙が訪れる。

前にもこんなやりとりをしたな、なんて思い出しながら、今回もどんな答えを口にすればいいのか分からずに一瞬口ごもってしまう。

「……キスとか」

「キスとか」

「……キスとか？」

「キスだけじゃないですか」

「い、いや、具体的にって言われると。抱き締めたり手を繋《つな》いだりは……いつも、してるし、さ」

付き合う前から今まで割と意識せずにいちゃついていたというか睦《むつ》み合っていて、意識していちゃつくとなると具体的にどうすればいいのか分からない。

くっつくのはいちゃつくだろうしキスもいちゃつくという範疇《はんちゅう》であろうが、それだけでいいのかが分からない。

これ以上にいちゃつく、となるととても実家でするような事ではないし、真昼を大切にしたい周としては一瞬の衝動で台無しにするつもりはなかった。

「もっといちゃつくのってどうするべきなんでしょう」

「……とりあえず、くっつく？」

目新しい事ではないが落ち着いて、そのくせ胸が高鳴る行為を提案すると、小さく「……はい」と肯定が返ってくる。

真昼から寄りかかろうと躊躇《ためら》いがちに体を寄せてくるので、周はそれを受け止めようと手を伸ばし……そのまま、真昼の膝《ひざ》裏と背中に手を回して、持ち上げた。

ひゃっ、と裏返った可愛らしい声に微笑ましさを感じつつ、真昼をベッドの上であぐらをかいた周の脚の間に移動させる。

「俺はこっちの方がいい」

「……は、はい」

「嫌？」

ただでさえ華奢な体を縮めている真昼に問いかけると、ゆるゆると首を振った。

「そ、そんな事は。ただ……その、こうしてたら、周くんに包まれてるみたいだなって……」

「お言葉通り包もうか？」

可愛い事を言ってくれた真昼を包み込むように腕を前に回して抱き締めてみせれば、途端に顔を真っ赤にしてほんのりと涙目で振り返ってくる。

自分が言えた義理ではないが、真昼は割と照れ屋なのでちょっとの事で頬を染めてしまうのが、可愛い。

付き合って二ヶ月ほどではあるが、未だに接触に慣れないでいるのだから、その初心《うぶ》さも分かるというものだろう。

ただ、それは周も同じで、顔には出さないが心臓が高鳴りを収めてくれない。

今真昼に耳を胸にくっつけられて心音を聞かれれば、すぐにドキドキしている事が分かるだろう。

平静を装っているのにこんなに動揺しているなんてバレたら気恥ずかしく、聞こえていない事を祈りながら真昼の後頭部に唇を触れさせる。

触れた感覚なんて大してない筈なのに、これだけで真昼はびくっと体を震わせるのだから、余程緊張しているのだろう。

「……別に、抱き締めてるだけだぞ」

「し、知ってます。……どきどきしますけど、嬉しいですよ。……周くんにぎゅっとしてもらうの、好きです」

「そうか。お望みならいくらでも」

ほっそりとした体を抱き締めつつ耳元で囁《ささや》くと、分かりやすく体を揺らした。

耳弱いよなあ、と小さく笑ってふぅ……っと吐息をかければ、真昼は更に体を揺らして勢いよく振り返った。瞳は微妙に涙で潤んでいるので、些《いささ》かやりすぎた感が否《いな》めない。

「……周くん」

「ごめんごめん、つい」

「ひ、人がくすぐったいの弱いからって……」

ひどいです、と不満げな眼差しで唇を尖《とが》らせる。

「この間聞いた周くんの昔の事言いますよ」

「おっとそれは困るな」

耳元でそんな事を囁かれては悶絶《もんぜつ》してしまいそうなので、あまりからかいすぎないように気を付けつつ、真昼に触れていく。

どこまで触っていいのか、どういう風に触っていいのか分からないので、無難に手を撫でて握ってみたり後頭部に口付けしてみたりするが、やはりほんのり物足りなさを感じる。

こうしていると満たされていると感じているのに、相反《あいはん》するように物足りないと訴える自分が居て、今は制御出来ているがいつ暴《あば》れ出《だ》すか分からないので正直少しひやひやしていた。

真昼にもっと触れたいし、柔らかさを味わいたい。

そう思うものの、理性的に出来るのはこの程度のスキンシップくらいなので、やはり優しく触れるだけに限っている。

真昼の方はこれでも恥ずかしいのか、耳を赤くしてされるがままになっていた。

(ほんと、可愛いなあ)

真昼から散々スキンシップしてきたのに、最近では真昼の方が照れだしている。前は周の方が動揺していたというのに、立場が逆転しているようで面映《おもは》ゆさを感じた。

控えめに手を握って自身の欲求を誤魔化《ごまか》している周の手を、真昼は握り返す。

「……周くんの手、おっきいですね」

「ん？　まあ身長の分大きめかもな」

上背《うわぜい》があるので、その分体のパーツは全体的に大きめだ。足も比較的大きいし、掌《てのひら》もそれなりに大きい。真昼の掌より一回り二回り大きいので、真昼と手を繋ぐと真昼の小ささが際立《きわだ》つ程だ。

「周くんの手、好きです。……周くんに触られるの、好き」

「そういう事言ってると触っちゃうぞ」

危うい言い方をされると理性が仕事を放棄しそうになるので自重してもらいたいところなのだが、真昼には周の思うような意図は考えていないらしく「別に触られても……」と小さく呟いている。

そんな油断をされると、こちらとしては非常に困るのだ。

可愛く、そして男のタガを外しかねない言葉を口にした真昼に、周はそっとため息をついて彼女のお腹《なか》に手を触れる。

くすぐったそうに身をよじった真昼に構わず、へその下あたりに触れた指先で、ゆっくりとなぞりあげて。

つぅ、ともどかしい速度で触れて、勾配《こうばい》にかかる手前で指を止める。

「真昼が言う事を素直に受け取ると、このまま上がってもいいって事になるけど？」

まだ登山していないが、簡単に山に登って征服する事も出来る。

なにせ、周の掌は真昼の言う通り大きく、真昼の勾配の強い起伏すら包み込めるだろう。

登山していいんですかねえ、とわざとらしくこぼせば、真昼が腕の中で湯気をたてそうな勢いで真っ赤になっている。

振り返ってきた真昼の頬がゆでダコのように赤いが、周は構わず笑ってみせた。笑うだけに留まらず、頬にキスも落とす。

「いちゃつくって、こういう事も含むし」

「……う、あ、周くん……」

「俺がいちゃつくのがあまり分からないってのは、こういう風な触れ方を除外してたからなんだけど」

流石に交際期間約二ヶ月の付き合いたてカップルがこういった触れ方をするのもどうなんだと思うし、控えていた。真昼の意思を尊重するつもりでいた。

しかし、真昼が無意識にそういう事を言うから、警告のためにも一度言っておかなければならなかった。

「俺も男なんだから気を付けろって前にも言っただろ。ほんとに触るぞ」

「う。……で、でも、そういう周くんも顔赤いです。出来るんですか」

「うるさい」

自分の顔が赤いのなんて分かっている。恥ずかしい事を言っている自覚もある。

ただ、言わなければ分かってもらえそうにないので、言うしかない。

周の言葉に真昼はしばらく沈黙した後、ゆるりと周の拘束をほどく。

拒まれたと悟り、苦い笑みを浮かべようとした周に、真昼は体ごと振り返って、周に抱きついた。

ぎゅ、とくっつく真昼に、柔らかい感触と甘い匂いを強く感じさせられる。

「……周くんが、本当に触りたいなら……恥ずかしいけど、受け入れます、よ」

小さく、か細い声でそう呟いて周を見上げる真昼に、周は硬直した。せざるを得なかった。

健気《けなげ》で可愛らしい事を言って周を見つめる彼女の表情に、頭が真っ白になったと言ってもいい。

羞恥と不安と、ほんの一匙《ひとさじ》の期待を混ぜ込みながらも周を信頼したように見つめ体を預けている真昼は、言葉通り周ならば何だって受け入れてくれるだろう。

それだけ周を好いてくれているのは、表情や雰囲気からも伝わってくる。

仮に今ここで押し倒したところで、彼女は恥ずかしがりながらも迎えてくれるだろう。それだけの信頼と好意を寄せてくれていることを、表情も態度も声も主張していた。

全《すべ》てを委《ゆだ》ねるように体を預けてきた真昼に、周は遅れて思考が動き出して、体が動く。

一番最初にしたのは、真昼に口付ける事だった。

ん、と小さく喉を鳴らしたのが、ひどく近く聞こえる。

自分のものより柔らかく瑞々《みずみず》しい唇の感触を味わいながら、華奢な体を抱き締めて体で柔らかさを感じる。

掌で触れる事はせず、ただ少しだけ隆起の柔らかさを感じて、そっと手を離した。

頬を紅色に染めた真昼がはくはくと口を動かしているのを見ながら、真昼の首筋に顔を埋める。

「……お預けで結構だ」

多分歯止め利《き》かなくなるから、と付け足して、真昼の白い首に口付けを落とす。

痕《あと》を付ける訳にもいかないのであくまでキスに留めつつ、湧《わ》き上がってきた欲求を必死に飲み込むまで顔を上げまいと決意した。

「あら真昼ちゃん顔真っ赤だけどどうしたの」

「な、何でもないです……」

職種も仕事場も違うというのに揃《そろ》って仕事から帰ってきた両親が、真昼を見て不思議そうに首を傾《かし》げる。

真昼はリビングのソファに座って顔を赤らめていた。理由は、周が真昼にふとした時にキスしたり手を握ったりしていたからだろう。

決して襲いはしていないのだが、真昼からしてみれば耐《た》え難《がた》いものだったのかもしれない。

嬉し恥ずかし、といった様子だったので、どちらかといえば嬉しいだと信じたいが。

「周、もしかして」

「誓って手出しはしてない」

ただ抱き締めたり軽い触れ合いをした程度だ。真昼のキャパシティがオーバーしたのは、真昼が結局のところ初心だからに過ぎない。

周も人の事は言えないが、立ち直るのだけは早いので今はもう平静に戻っている。

「手出し『は』ね。いちゃつくって言ってたものねえ」

「健全にいちゃついてた、これで問題ないだろ」

「すっかり開き直っちゃって」

「うるさい」

「周ばっかりずるいわ。私も真昼ちゃんといちゃいちゃしたいのに」

「真昼は俺のだからやだ」

「あらまあ」

一度志保子に真昼を渡すと当分の間構われ続けて周ももどかしいし真昼は真昼で喜んでも疲れそうなので、真昼を志保子に独占させるのは喜ばしくない。

真昼は「俺の……」と小さく反芻《はんすう》してまた頬を赤らめていて、そんな様子が志保子のにまにまを強くしていた。

白い頬が染まりっぱなしな真昼を眺めつつ志保子の含んだような笑みをスルーしていると、話を聞いていた修斗もにこやかな笑みを浮かべる。

「じゃあ、家族として仲良くするのはどうだろうか」

「え？」

「ほら、みんなでおでかけしたいって椎名さんが言ったんだろう？」

両親には真昼がみんなでお出かけしたいと言った旨を伝えてはいたが、今持ち出されるとは思っていなかったらしくカラメル色の瞳がぱちぱちと瞬いている。

「次の休みもまだ周と椎名さんは居るんだから、おでかけしようか」

「そうね！　折角だしみんなでおでかけしたいもの！　……嫌かしら？」

「そ、そんな事は！」

「じゃあ決まりね。ふふ、どこに行こうかしら」

語尾を弾ませて修斗と「どこがいいかしら」と仲睦《なかむ》まじげに話している志保子に真昼は恐れ多そうに体を縮めている。

おそらく、自分が願った事とはいえ本当に一緒にお出かけする事に申し訳なさを覚えているのであろう。

（……母さんも父さんも、真昼が好きで出かけようと言ってくれてるんだけどな）

周が進言したところで、彼らは自分が気に入らない相手と過ごすなんて事はしない。

そもそもこの家に入れてもらっている時点で非常に気に入られているという事だし、彼らから出かけたいと言うくらいなのだから不安に思う事は無意味なのだ。

「覚悟しとけよ。母さん達、真昼を連れ回すぞ」

「いいえ、ありがたいですし嬉しいです。こういう風にみんなでお出かけする事なかったですし……」

子供の頃を思い出したのか、寂寥《せきりょう》をほんのりと滲《にじ》ませた儚《はかな》い笑みを控えめに浮かべて瞳を伏せた真昼に、志保子は変わらない笑顔のままソファに座る真昼の隣、つまり周の反対側に腰を下ろした。

そのまま真昼を抱き締めて、頭を撫でる。

「真昼ちゃんは最早《もはや》うちの家族なんだから好きに甘えてくれていいのよ?」

「むしろ息子より可愛がってるからな」

「あら妬《や》いてるのかしら」

「いーや。真昼が喜ぶんだから別に」

志保子にぎゅっと抱き締められて可愛がられている真昼は、先程の雰囲気を消して恥ずかしそうにしている。

こういうところは素直でない真昼が喜んでいる事の証左である。

真昼が喜んでいるし、将来的には真昼も藤宮《ふじみや》を名乗ってもらいたいと思っている身としては、むしろ両親に気に入られるのは大歓迎だ。

多少スキンシップが激しいのは、複雑であるが。

「大人になったわねえ」

「馬鹿《ばか》にしてるのか」

「いえそんな事ないのよ？　好きな人の幸せを願える男に育ってよかったなと思ってるだけだわ」

「何当たり前の事を……」

「ふふ、そういう人間は少ないものよ。さすが私達の子供ねえ」

「はいはい」

誰だって好ましい人間が幸せになる事が嫌なんて人は居ないだろう。屈託《くったく》なく笑ってくれるのが一番だ。

願うなら、その幸せになる、を幸せにするのは自分でありたい、というくらいだ。

志保子に撫でられながら照れ臭そうに身を縮める真昼を眺めて、周は穏やかに口許《くちもと》を緩めた。

第2話　ずぶ濡れはお得なもの

「周《あまね》くん、どこいくのですか?」

玄関で靴を履《は》いていたら、周が出かける用意をしていた事に気付いた真昼《まひる》が声をかけてくる。

もう午後三時も過ぎ出かけるにはやや遅めの時間だから声をかけたのだろう。

「ん?　ああ、近所のスーパー。母さんにちょっと買い物頼まれた」

周とて出かけたくて出かける訳ではない。

先ほど周のスマホにメッセージが届いたのだ。今日は夫婦揃《そろ》って帰宅が遅くなるから買い出しに行く時間がないので必要なものを買っておいてくれ、と。

別に暇していたのでいいのだが、それは朝に言ってほしかったところである。

周の言葉に納得したらしい真昼が「なるほど」と返し、それからスニーカーの紐《ひも》を結んでいる周の隣に膝《ひざ》立ちになる。

髪が跳ねていたのかせっせと手櫛《てぐし》で整えてくれているのが、玄関の壁に置いてある鏡や感覚で分かる。

「買い出しなら私も行きましょうか?」

「いや、荷物は少ないし雲行き怪しいしちょっと急ぐから。たいした事はないし、一人で大丈夫だ」

天候的にあまり外を悠長にうろついていると降ってきそうであるし、幾《いく》ら日差《ひざ》しが陰りを見せているとはいえこんな暑い中連れ回したくない。

どうせ買い出しが終わればすぐ帰るのだから一人の方が早い、と思ってのお断りだったが、真昼が「……そうですか」と気落ちした様子を見せたので、周は慌てて真昼を見上げる。

「あ、いや行きたくないとかではなくてだな」

「わ、分かってます。ただ、一緒にお出かけしたかったな、と」

「……また今度デートするから、な?」

お出かけならまた二人でするつもりであるし、そもそも女性の外出には念入りな支度《したく》が必要らしいので今すぐ出かけられる訳ではないだろう。

そっと手を伸ばして頭をくしゃりと撫《な》でると、真昼は軽く目を瞠《みは》った後小さな笑みを浮かべて「はい」と頷《うなず》いた。

「じゃあ、帰り待ってますね」

「おう」

納得したようなので周も軽く頷き、鞄《かばん》を持って玄関を出た。

結果として、真昼は連れて行かなくてよかった、と周は痛感していた。

「……はー、やっぱ降られた」

雲行きが怪しいとは思っていたが、案の定空から雨が次々と滴《したた》り落ちて、周の服は濡れて行きよりも一層濃い色になったし、重い。

湿って体に張り付く布地が煩《わずら》わしくて、服をつまんで軽く空気を入れる。

幸い購入品は濡れても問題ないようなビニール包装のものだったので被害は周だけなのだが、家に着く頃にはすっかり濡れ鼠《ねずみ》になってしまった。

額のラインに沿って視界を隠そうとする前髪を軽く退《ど》けてから玄関に入ると、ぼたぼたと玄関の床に服から水が滴る。絞ってから入ればよかった、と後悔しても遅いだろう。

「お帰りなさい周くん。雨、結構降っちゃいましたね」

ため息をついた瞬間ぱたぱたとスリッパの音を立てて小走りで玄関に真昼がやってきて、周を見て目を丸くしている。

まさかここまで濡れているとは思わなかったのだろう。ミニタオルを手にしているが、このずぶ濡れ加減では些《いささ》か心もとない。

周も、まさかここまで雨足が強くなるとは思っていなかった。

「ただいま。多分通り雨だとは思うけど思ったより強かった」

「帰るまで天候が保《も》ってくれたらよかったんですけどね……。とにかく、一度お風呂《ふろ》に入った方がいいですよ。用意出来てますから」

「ん、ありがとな」

周の手から当然のように自然にスーパーの袋を受け取りミニタオルと交換して微笑《ほほえ》む真昼に、ほわっと胸が温かくなる。

なごんだと言えばいいのか、幸福を感じたと言えばいいのか。当たり前のようにこうしてやり取りをしている事に、家族のような雰囲気を感じてくすぐったさも覚えた。

「……なんかいいなあ」

「え？」

「お風呂用意してこうして出迎えてくれるっていいなって」

両親は共働きなのでこういったシーンを見せる事は実はあまりなかったりするのだが、漫画やドラマでよくあるシーンであり、ひそかに羨《うらや》ましいなと思っていた。

家庭を持った幸福を擬似的ながら味わえて、無性にこそばゆく、それでいて春の日差しのような暖かさが胸に染《し》み渡《わた》ってくる。

生涯大切にしたい相手とのやり取りだからこそ、こんなにもえもいわれぬ幸福を覚えているのだろう。

微《かす》かに頬《ほお》を赤らめてたじろぎつつ縮こまった真昼に小さく笑いかけ、「じゃあありがたくお風呂入ってくる」と声をかけて、横をすり抜ける。

柄《がら》にもない事を言ってしまったかもしれない、と思いながらも、上機嫌に緩《ゆる》む頬は止められなかった。

風呂から上がれば、真昼がリビングでソファにちょこんと座って待機していた。手にはドライヤーがある。

洗面所にもドライヤーはあるが、周がドライヤーをかけずに出てくる事を見越して用意周到さを見せたらしい。

見抜かれている事に気恥ずかしさと、自分を理解してくれる事に嬉《うれ》しさを覚えてしまう。

冷房のひんやりした空気の気持ちよさで気恥ずかしさをぼかしつつ、そっと真昼に近づいた。

「湯上がりの冷房ってたまらんなあ」

「涼しいですけど、風呂上がりだと必要以上に冷えて風邪引きかねないのが難点ですね。……ほら、そこ座る」

「別にいいんだけどなあ」

「放っておくと風邪もそうですが髪も傷みますから」

つべこべ言わずに座る、と言われたので大人しく真昼の隣に座れば、真昼は入れ替わりのように立ち上がってソファの後ろに回り、ドライヤーのプラグを入れている。

そのまま周の後ろに立ってタオルで水分を取っているが、なんというか、やはりくすぐったい。感覚的というよりは精神的に。

「周くんはこういうずぼらなところは直らないですよね。たまに風呂上がりに上を着ずに出るし」

「暑いし……冬はちゃんと着てるから」

「そりゃあ寒いですからね。でも、暑いからと言って上を着ないのは湯冷めして風邪引く元になるから駄目です。私の目が黒いうちは許しませんよ」

真昼の瞳《ひとみ》はカラメル色だ、とか、一生側《そば》に居てくれるつもりなんだな、とかいう内心は飲み込み、素直に「気を付けます」とだけ返してされるがままになっておく。

なんだかんだ、世話を焼かれるのは心地いい。

真昼には申し訳ない気持ちになるが、それでも真昼にこうしてタオルで水分を拭き取ってもらうのはいい気分だった。

丁寧な手つきで粗方《あらかた》水分を吸いとった真昼は、しっかり用意していたドライヤーで周の髪を温風にさらす。

日頃《ひごろ》から髪の手入れに気を付けている真昼の手つきはお世辞抜きに心地よかった。

あまり髪を触られるのは好きではない周としては、乾かされる事が気持ちいいと思うのは真昼が初めてだ。

そもそも真昼に髪を触られるのは好きなので、単純に触られる人を選ぶという事なのかもし

れないが。

「周くんって念入りに手入れはしていなそうなのにさらさらなのがずるいです」

ドライヤーの音に紛《まぎ》れるように、小さな呟《つぶや》きが聞こえた。

「そうか？　まあ、真昼ほど丹念に手入れはしてないけど。普通の手入れの範疇《はんちゅう》だなあ」

「元々の髪質がよいのでしょうね。志保子《しほこ》さん達も髪がお綺麗《きれい》ですし」

「まあ二人は俺《おれ》より身なりに気を使ってるってのもあるけどな。そういう真昼も、苦労してそうな分すげえさらさらでつやつやなんだよな」

真昼の絹のように艶《つや》やかで指通りのよい髪は、見るだけでさぞ手入れに手間がかけられているのだろうなと思う。

よく触るので分かるが、真昼の亜麻色《あまいろ》の髪はまっすぐで柔らかくて細く、非常に触り心地がよい。髪が細いとどうしても絡《から》まりやすいのだが、手入れと気遣いのお陰で絡まる事もうねる事もなくただ美しい直線を描く髪は、癖《くせ》っ毛からしたら垂涎《すいぜん》ものだろう。

枝毛もない天使の輪を完備したキューティクルばっちりなストレートヘアーは誰《だれ》もが羨むような美しさで、よく長いのに艶を保てているなと感心しきりである。

「長いので時間かかるのが厄介ですけどね」

「まあそれだけ長ければ時間もかかるよなあ」

「まあ手入れしている間他の事をしたり考えたりしていますけど、手間暇がかかるのは事実ですね。いっそ切ってしまいたいと思う事もあります。……周くんは、短いのと長いの、どっちが好きですか」

「特に好みはないっつーか……どっちも可愛《かわい》いと思うけど。真昼がおしゃれして楽しんでるのを見るのが好きだから、真昼が好きな長さで居てくれるのが嬉しいかな」

そもそも、女性は男性のために見た目を整えているとは限らないし、髪だって好きで伸ばしている女性が多い。

仮に周の一言で真昼の髪型が変わるというならば、好みに合わせようとしてくれて嬉しく思う反面、複雑だ。自分の意見一つで真昼の努力の結果をなくしてしまう、というのは喜ばしくない。

周は真昼が好きにおしゃれをしている姿を見るのがいいと思うし、真昼ならどの長さでも可愛いので真昼が思うようにしてほしい。

真昼の好きでしている事を周の言葉でねじ曲げたいとは思わなかった。

「……そういうものですか」

「じゃあ、真昼的に俺はどんな髪型がいいとかあるのか」

「周くんならどんな髪型でも好きです」

「だろ。そういう事だ」

「……はい」

振り返りはしなかったが、後ろではにかむような気配と笑い声がした。

回答は間違っていなかったようだ。

嬉しそうに周の髪を乾かしていた真昼だが、ふと髪を梳《す》くように乾かしていた指の動きが止まる。

「……どんな髪型でも好きですけど」

「ん？」

「濡れた髪をかき上げた周くんは、すごく」

「すごく？」

「……色っぽいというか……かっこいいと、思いました」

こうしてほしいというのではなく単純に感想を漏《も》らしただけだろうが、真昼の呟きに周は小さく唇に弧を描かせる。

「やろうか？」

「い、いいです！　しんじゃいます」

冗談めかして提案すればぶんぶんと首を振っているらしく周の髪に触れた手にまで振動が伝わってくる。

きっと、今真昼の頬は赤らみをみせているだろう。

真昼の表情を確認しようとすれば見られたくないらしい彼女の手が押さえてきたので、強い意思表示を感じる。

（……真昼ってなんか弱点多いよな）

特に異性として意識するような行動に非常に弱い。周としては別にそういうつもりでしていた訳ではないのだが、真昼は不慣れらしくちょっとした事で恥ずかしさに縮こまってしまう。

「……俺に色気なんてないと思うんだけどなあ」

「鏡持ってきましょうか？」

「さっき洗面所で見てきたばっかりなんだけど」

「周くんは分かってないのです」

「好きな人だからどんな格好でもよく見えるってやつじゃないのか？」

「そ、それが全くないとは言いませんけど、周くんは……その、こうした湯上がりだと油断していて、漏《も》れ出ていてよくないです」

乾かしていたドライヤーの温風を止めて小さく呟くので、周はひっそりと苦笑いを浮かべる。

あばたもえくぼ、とまではいかないがやはり好きな人だからこそよりよく見えているだけな気がするが、真昼がそう思っている事自体は嬉しい。

あまりいじわるしすぎると真昼が茹《ゆ》でダコになるので、これ以上の追及はやめて肩を竦《すく》めるに留《とど》める。

「まあ、俺も真昼が湯上がりで上目遣《うわめづか》いとかしてきたら座り込む自信があるから、あんまりとやかくは言えないけどさ」

「ここ数日毎日湯上がり見てると思いますけど」

「なるべく直視しないようにしてるんだが？」

一緒に実家に泊まっているので、当然風呂は順番で入るし湯上がりの姿や寝間着姿も見える事になる。

流石《さすが》に直視すると純真な真昼にとってとてもよくない反応を示しかねないので、意識しないように努めてはいるものの、どうしても欲求が首をもたげる事もあるのだ。

それを包み隠す努力をしているお陰で真昼が気付いた様子はないが、あんまりに積極的だとどうしようもない事もある。

「なるほど。よい事を教えてもらいました」

「おいこら何で実行しようとしてるんだ」

「……私ばかりどきどきしていてずるいからですけど」

心臓に悪い事をしようとしている真昼は考えていないのかもしれないが、周がどきどきした結果、真昼の心臓によろしくない事になると気付いていない。

こういう所が真昼のよい点でもあり悪い点でもあるのだろう。周の善性を、理性を、信じすぎているのだ。

「……してもいいけど、部屋に閉じこもろうかな」

「それはずるいです」

「ずるくないずるくない」

「ずるいです。……私にだって、周くんを押す権利が欲しいです」

「だーめ。今まで散々無意識にやってきたんだから、自覚したならちゃんと控えてください」

振り返って注意をするも、真昼が受け入れた様子はない。

真昼も常識から外れたような行為は絶対にしないだろうが、彼氏彼女ならあり得るような油断の仕方はしてくるので、やはり周側が気を付けて何かしでかすような隙《すき》を作らない事が大事だろう。

若干ジト目の真昼に、周は真《ま》っ直《す》ぐに視線を向けた。

艶《つや》やかなカラメルの瞳は、周の視線を受け止め浴びるごとにどんどん揺れていく。その揺れが溢《あふ》れたように、瞳が潤んでいくのも、分かる。

白磁を色づけるように浮かぶ赤らみが濃度を増していくが、構わず見つめ続ければ、耐え切れなくなったらしく真昼の方から視線を逸《そ》らした。

「……わ、私が周くんに見つめられるの弱いと知ってますよね」

「うん知ってる。……だめ、いいな？」

最後は顔を近づけてそうっと吐息を落とすように囁《ささや》くと、真昼は「うひゃぅっ⁉」と何とも可愛らしい悲鳴を上げて一歩後ずさった。

手にしていたドライヤーが落ちかけていたのでさり気なく真昼の手から奪い取っていると、真昼が唇をわなわなと震わせて信じられないといった顔でこちらを見てくる。

本人の意思的には睨《にら》む、の方が正しいのかもしれないが、迫力など全くないので注視している、程度のものだ。

「……そ、その声で言ったら言う事聞くって思ってるでしょう」

「思ってるし、俺がこう言い聞かせる時は真面目《まじめ》な話だって真昼も理解してるよな？」

「う。そ、それはそうですけど」

「とにかく駄目です」

これ以上は譲らないぞ、と今度は真昼をからかうつもりも動揺させるつもりもなく真面目に見つめると、これは真昼も周が許さないと見たらしく「……分かりました」と返してくる。

これで周もしばらく理性がお休みをもらえる、と安堵《あんど》したのも束《つか》の間「私も周くんが弱い部分を探さなくては」と不穏な事を言い出していた。

真昼が口にしてしまったからには、周も聞かなかった事にする訳にはいかない。

「……次は思い切り耳元で囁くぞ」

「わ、分かりました、気を付けますから、気を付けますから！」

両耳を押さえて逃げの態勢を見せた真昼に、周は「全く」とため息をついて柄《がら》にない事をしてしまった事に対して後からやってくる羞恥心《しゅうちしん》を乗り切るべく唇を強く噛《か》んだ。

第３話
憧れのかたち

「真昼《まひる》ちゃん、これなんてどうかしら」

「あ……素敵です。このレース使いがいい感じですね」

女子二人……というよりは年齢的に少女と女性が二人楽しそうに会話するのを、周《あまね》はのんびりと店の端で眺めていた。

隣には、同じくのんびりと二人を眺める修斗《しゅうと》が居る。

「楽しそうだね二人とも」

「そうだな。……女の人ってどうしてあんなに服で盛り上がれるんだろうか」

真昼たっての希望で四人揃《そろ》ってショッピングモールにやってきたのだが、ブティックで女性二人がああでもないこうでもないと服を体に当て始めた辺りから手持ちぶさたになったのだ。

別に買い物に付き合う事や服選びは苦でもないのだが、あそこまできゃっきゃうふふと女子の園のような雰囲気を醸《かも》されると話に入りにくいので、距離を置いている。

服装に関してあっさり決めて買う周としては、ああして歓談しながらよりよいものを選ぼうとする真昼達を見るとどうしても不思議な気分になってしまう。

ちなみに修斗は二人が盛り上がっているのを見守りたいが故《ゆえ》に周の隣に居るらしい。修斗本人は彼女達の仲間に入れるタイプなので、周に気を使ったのもあるだろう。

「やっぱり女の子はいつになっても美しい自分でありたいと思うからじゃないかな。あと純粋に着飾るのが好きってのもありそうだし」

「まあ見てる分にもいいよな」

「着飾る姿を見るのが？」

「それもあるけど、ああやって楽しそうに選んでるのを見るのが」

世の中の男子は女子の買い物に付き合うのは億劫《おっくう》らしいが、周は志保子《しほこ》に散々付き合わされているので慣れている。性格的にもそこまでせっかちではないし、待ち時間も楽しみを見いだせる。

それに、真昼相手だと彼女が嬉《うれ》しそうに笑っているだけで結構な充足感があるので、結構楽しい時間だった。

「うんうん、周もよさが分かってきたねえ。いい事だ」

「よさが分かってきたっていうか、こう、好きな人が嬉しそうにしてるのは誰《だれ》だって見ていて楽しいと思うけど」

「素直にそう思えるってのは貴重だと思うけどね。ほら、退屈する事が悪じゃないけど、その苛立《いらだ》ちを表に出すと雰囲気がギスギスしちゃうから。そもそも楽しめるのであればそんな心配は要らないしお互いに幸せでいいことづくめだよね、と」

「……まあ、こういう性質《たち》でよかったとは思ってる」

周自身必要に迫られない限りゆったりしたい側だし、何もない時間を楽しめるタイプだからこそこうしてのんびり見守っていられる。この時間に幸福を見いだせるのは、元々の気質であり得難《えがた》いものなのだろう。

「……真昼がああして本当の親子みたいに慕ってるの見ると、来てよかったなって思う」

放っておかれて寂《さび》しくないのかと言われればほんの少しだけ寂しさはあるが、それ以上に安堵《あんど》の気持ちがある。

擬似的にではあるが、真昼がいくら望んでも叶わなかった光景が、ようやく形になって彼女の側にあるのだ。喜ばずにはいられない。

天使様を装う事もなく、屈託《くったく》なく笑う真昼は、ごく普通の年頃《としごろ》の女の子で、外から見守っているだけで胸がいっぱいになる程穏やかで幸せな光景だった。

「本当の親子になるつもりは？」

「それ、今父さんに言わないといけない事？」

「おっとこれは失礼」

言うべき人が違うね、と軽《かろ》やかな笑みを浮かべてそれ以上は追及してこない修斗に、ここまで理解が早いとそれはそれで複雑だな、なんて贅沢《ぜいたく》な悩みを一瞬抱えてしまう。

志保子のように追及されるより余程よいので、触れないでくれるならそれに越した事はない。

「修斗さんと周はそんなはしっこで何してるの、こっちいらっしゃい」

穏やかに見守っていた修斗と周にどうやら志保子が気付いたらしく、手招きをしてくる。

真昼もこちらを見ている。

手には、服を二着ほど持っていた。

呼ばれたので親子揃って二人の所に歩み寄れば、にこにことご機嫌な志保子が後ろから真昼の両肩を持って軽く前に出すように真昼を周の目の前に立たせた。

「周はこっちとこっちどっちが真昼ちゃんに似合うと思う?」

どうやら服を選んでほしいらしい。

ちらりと服を見れば、裾《すそ》や袖《そで》にレースがあしらわれたお嬢様風のブラウスと、落ち着きつつ明るい雰囲気を醸《かも》すパステルブルーのブラウス。

正直なところどちらも似合うと思うし、どちらがいいと言われても買うのは真昼なので、あまり指図《さしず》しない方がいいのではないかと思ってしまう。

「俺《おれ》は真昼が選ぶものならそれでいいと思うけど」

「……そ、その、周くんの趣味も聞きたいなって。周くんの趣味も知っておきたいですし……」

恥じらうように瞳《ひとみ》を一度伏せて、それからおずおずといった風に期待を込めてこちらを上目遣いしてくる真昼に、周はぐっと息を飲み込む。

自分好みになろうとしている、という事実だけで、心臓がどんどん暴《あば》れだす。

真昼のありのままが好み、それは嘘《うそ》ではないが、自分のために好みの服を身に付けてくれようとする気持ちが、嬉しかった。

頰《ほお》に赤らみが差しているのは自覚しつつ、ブラウスと真昼の顔を見比べて「こっち」とレースがあしらわれたブラウスを差し出す。

周が選んだ服を真昼は小さく笑って抱き締め、残りは元の場所に戻しに行く。

「……ほんと、可愛《かわい》いわよねえ」

「知ってる」

「憚《はばか》らなくなってきたわね」

「うるさい」

志保子の微笑《ほほえ》ましそうな声に、周はそっぽを向いた。

服を買って店をあとにした周達は、ショッピングモールを目的もなくぶらついていた。

県でも随一の広さを誇るこのショッピングモールは歩いているだけで案外楽しいので苦ではないのだが、視線を集めやすいので何とも言えない気持ちにもなる。

贔屓目《ひいきめ》抜きに両親は見目《みめ》整っているし、真昼は言わずもがな。そんな人達が固まっているので、人目を引くのは仕方ないだろう。

真昼は最早《もはや》慣れ切っているので、気にした様子はない。周の腕に寄り添っている。

ただ、視線が集まる事には慣れているが、周の腕に自らの腕を絡《から》めて歩くのは恥ずかしいのか、ほんのりと頬が上気している。

こちらはこちらで柔らかいものが当たっているので正直平静ではいられないのだが、表に出せば志保子にからかわれるのが目に見えているので顔に出ないように注意する羽目になっていた。

真昼の買った服の入った袋を握って意識を逸《そ》らすが、そうすれば「どうしてこちらを見ないのか」と言わんばかりにぎゅっとくっつかれるので、非常にやりにくい。

「真昼、あのさあ」

「はい」

「……あー、いやその」

「何ですか？」

「……そういえば、ゴールデンウィークに買った服って着ないんだな」

胸が当たっている、と指摘するか悩んだが、たまに真昼は小悪魔的に「当てているんです」と言う事もあるので、どうしようか悩んだ挙げ句別の話題を持ち出す事にした。

今日の真昼の服装は涼やかさを感じさせつつ上品なデザインの清楚《せいそ》系ワンピースではあるが、前買ったオフショルダーのワンピースではない。

着て見せるとは言っていたが結局見ていないのでどうしたのかと思ったのだ。

ゴールデンウィーク、という言葉に目を瞬かせた真昼は、そのあと淡くはにかむ。

「……二人きりでデートする時に見せたいなって思ったので」

「……そ、そうか」

「連れていってくれるのでしょう?」

ぴと、と寄り添いながら首を傾《かし》げた真昼が無性に愛《いと》おしくて、周はそっと絡み付《つ》いている真昼の腕の先、掌《てのひら》をゆっくりと握る。

「……そうだな、二人で行こうか。これは、家族のおでかけだからな。デートとは別だもんな」

「……は、はい」

「どこ行きたい?」

「周くんと一緒なら、どこへでも」

「そういう事言われると、どこにも行きたくなくなるなあ。おめかししてくれるのはいいんだけど、人に見せたくないし」

「……そういうのはおうちデートというらしいですよ。おうちでも、全然いいです。数日天候が崩れるかもしれないらしいですし」

そういえば台風が発生していて徐々に近づいてきているのか、ニュースでの週間予報は雲行きが怪しかった。

直撃する訳ではないが、余波が飛んでくるそうなので、雨は降るだろう。

家に帰る頃には通りすぎているだろうが、折角の帰省なのだからいい天気でいてほしいものだ。

台風の事を考えたら、ひょっとすればおでかけは出来ないかもなあ、と思ったが、真昼は二人で過ごす事に比重を置いているらしく外出という行為そのものはあまり拘《こだわ》っていないようだ。

帰ったら天気を調べておこう、と決めつつ、真昼の手を改めて握り締める。

「俺も真昼と過ごせたらどっちでもいいかな。また天気見て日程決めような」

「はい」

「……後ろでいちゃいちゃしてると思ったらデートの約束を取り付けてたのね」

「残念、元からする予定だったから」

前を歩いていた志保子が悪戯《いたずら》っぽい声でからかってくるのでしれっと反論すれば、両親が前で小さく笑う。

ただ、からかうというよりは微笑ましそうな気配で、それ以上追及する事はなく前を向いたので、周は小さく鼻を鳴らして真昼の手を引いた。

第4話　天使様とおうちデート

先日の買い物中に抱いた不安は的中した。

「雨だなあ」

「雨ですね」

しとしと、ではなくざーざーと音を立てて地面を打つ水滴の群れに、周《あまね》と真昼《まひる》は顔を見合わせてしみじみと頷《うなず》いた。

天気予報の時点で予想はしていたのだが、残る滞在期間を考えておでかけすると決めた日から雨続きなのは何とも言えない気持ちになる。

幸い風はそうなく、雨量も警報が出る程ではないので、既に両親達は仕事に出かけていた。

両親は仕事なので仕方ないが、周達はあくまでお出かけ。

出かける事が出来ない訳ではないのだが、いくらなんでもこんな天候だと服は台無しになるだろうし濡《ぬ》れて風邪でも引いたら大事《おおごと》だ。

「おでかけは不可。濡れ鼠《ねずみ》覚悟で決行するにしても躊躇《ためら》うな」

「私も周くんも風邪引きかねないので却下ですね」

「だな。ま、家で寛《くつろ》ぐか」

お互いにどちらかといえばインドア派なので、家に居る事は苦ではない。出かけるのがなくなったのが残念なだけで、家でも悪くはない。

これぱかりは時の運だ、と早々に諦《あきら》めた周は、残念そうに肩を落としている真昼の頭をくしゃりと撫《な》でる。

「そんな顔すんなって。また今度出かけたらいいだろ」

「それは分かってますよ。でも、折角約束したのにな、と」

「そんなにデートしたかった？」

「それはもちろん。家で一緒に過ごすのが嫌な訳ではないですけど、普段出来ない事とかしたいですし、新たな一面が見られるかもしれないって思うと楽しみになるでしょう？」

「そ、そうか……そこまで楽しみにしてくれていたのに悪いな」

堂々と頷かれるとやはりこそばゆいものがあるので頬《ほお》に変に力が入ってしまうのだが、幸いな事に真昼は窓の外を見ていたからか周の変化に気付いた様子はなかった。

「それはそれとして、周くんとゆっくり過ごすのは嬉《うれ》しいですよ。……この間みたいに、耳ばっかり触ってくるのなしですけど」

「何だ、言って思い出させて触らせたいのか？」

「違います！　周くんの触り方とか囁《ささや》き方は体に悪いのです！」

「体に悪いってあのなあ。そもそも真昼が全般的に俺《おれ》に弱いのが悪いと思うんだけど」

「そっくりそのままお返しします」

それを言われると周も反論出来ないが、真昼程過敏に反応する訳ではない。

真昼は弱い所に触られるとそれだけでびくびくしながら縮こまるので、どこまで攻めていいのか悩む事がある。あまりやりすぎるとキャパオーバーになって逃げるか拗《す》ねるかするタイプなので、中々に加減が難しい。

「俺は真昼程弱い所はないので、あんなへなへなにはならないぞ」

「い、言いましたね。私だって周くんを腰砕けにさせてみせます」

「……真昼は腰砕けになってるんだ」

自分で非常に耳が弱いという事を暴露《ばくろ》しているうっかりさに笑ってしまうと、顔を赤らめた真昼が余計な事を言ったと後悔の表情を浮かべる。

様子からして大体いつも耳に触ったり耳元で囁いたりすると芯《しん》を失ったように力が抜けているのは分かっていたので、この指摘は今更なのだが、真昼的には知られたくなかったらしい。

「……こうなったらありとあらゆる手段で周くんをメロメロにするしか」

「現状夢中になってるのにこれ以上どうするんだよ……」

腰砕けはともかく、現在進行系で真昼に心を奪われているし真昼しか見ていない状況で、更にメロメロになれというのも難しいものがある。

今以上に真昼を熱烈に愛するなんてなったら、タガが外れて部屋からしばらく出せなくなるだろう。

「……周くんはそういうところスルッと言いますよね」

「まあ、恥ずかしくない訳ではないけど、言葉で伝えないとこじれる事があるとよく聞くからな。付き合ってるから伝える事に何の問題もない訳だし、人間なんだから言葉を交わして相互理解に努めるべきだろ」

前にも似たような事を言った気がするが、お互いに好きであっても態度で示すだけでは足りない事もあるので、こじれる前に素直に伝えた方がお互いに要らない不満やストレスを抱かずに済む。

言葉一つで諍《いさか》いの種が一つ消えるならその労力を惜しむべきではないし、周としては労力とすら思っていない。

すれ違わないためでもあるが、一番は素直に伝える事で真昼が非常に可愛《かわい》らしい反応をするので、それを見るのが楽しいのだ。本人にはとても言えないが。

「……そういう合理的なところも好きです」

「それはありがとう。……真昼も付き合ってからたくさん好きって言ってくれるよな」

「そ、それはその、いっぱい溢《あふ》れてきて言わずにはいられないというか」

「……おう」

気恥ずかしそうに呟《つぶや》く真昼の態度から、お世辞なんて一粒も入ってない事はよく分かる。

そもそも真昼が周にお世辞なんて言う筈《はず》がない。元々付き合う前から辛辣《しんらつ》だった分本音で話してくれていたし、今は惚《ほ》れた欲目は入っているとは思うが、真昼は本当に思った事しか言わないので、これも心からの言葉なのだろう。

こうして真正面から言われる方が不意打ちより余程恥ずかしいので、つい視線を泳がせてしまった周に真昼は気付いたようだ。

「今照れましたね」

「悪いか」

「いえ、今日ようやく一本取れた気がしたので」

「……ようやくって、まだ一日は始まったばかりなんだが」

「ならたくさん周くんからリードを取れそうですね」

「無理だと思うけどなあ」

「何を言うのですか」

「普段から予想した結果だけどなあ」

「……周くんの度肝は私に抜かれたがっているようですよ？」

「まあ、頑張ってくれ」

本音を言うなら程々《ほどほど》にしてほしいものであるが、真昼が周の事が好きで仕方ないという気持ちが伝わってくるので、それを無碍《むげ》に出来る筈もない。

出来るものならしてみせろ、という態度を取ってみると、真昼は何故《なぜ》だか自信ありげな笑みを浮かべて、机の上に置いてあったダンボール製のボックスからプラスチックケースを取り出す。

「という訳で周くんの度肝を抜いてみせましょう」

「待てそれはどこから出した」

真昼が取り出したものが何かすぐに分かったのは、プラスチックケースの中身がディスクだった事と、デカデカと油性ペンで『成長記録　一歳』と書いてあるせいだ。

見た瞬間にそれは度肝を抜くの種類が違うと突っ込みたくなって締まった。

「志保子《しほこ》さんのコレクションからですね」

「……何で真昼の手に渡ってるの」

「どうせ外に行けないならこれを見るのもいいわよ、と。他にも結構色んなドラマのＤＶＤも用意されてました」

志保子や修斗《しゅうと》は洋画邦画ジャンル問わず見るタイプであり、家にそれなりの数ＤＶＤがあるので、確かに暇潰《ひまつぶ》しにはなるだろうが、だからといってそれに紛《まぎ》れてホームビデオを真昼に渡すような真似《まね》をするとは思うまい。

（いや、無断でアルバム見せてたからやりかねないけど）

というより既にやっているので内心で頭を抱えるしかない。

「……その、やっぱりこういったものを見返すのは嫌でしょうか」

「別に嫌だとは言わないけど、俺の黒歴史満載のホームビデオを自分で見るのは複雑だぞ」

もうアルバムを見られているので今更といえば今更なのだが、写真と映像では恥ずかしさに天と地の差がある。

流石《さすが》にあまりに周にとって恥ずかしい動画は残していないと思うが、志保子なのであまり信用出来ない。

あまり気は進まないが、真昼が見たいというのであれば見る事自体は許せるとはいえ、最初に検閲しておきたい気持ちがあった。

「そんなにひどい事をしていたのですか?」

「真昼が思うより俺は昔やんちゃ坊主だったぞ……」

「インドア派の周くんが?」

「何か含みを感じるんだけど。……普通に子供らしい子供だったぞ、俺は」

写真に写った範囲では分からないかもしれないが、周は小さい頃非常にアクティブな少年だった。近所の同年代の子達と探検したり年齢関係なく家に遊びに行ったりと、今からは考えられない程フレンドリーで行動力に溢れていた。

今思えば地域の温かい眼差《まなざ》しに見守られていたからこそ、何事もなく健やかにやんちゃに育っていったのだろう。

（今だとやんちゃと言われても首を傾《かし》げる程度には落ち着いたけど）

「……尚更《なおさら》見たいです。昔はにこにこしながら近所の人達に挨拶《あいさつ》し回っていたんですよね？」

「……まあ、愛想はよかったと思う」

母親より上の世代の人間からの評判は非常によかったような記憶がある。恐らく志保子の人柄ブーストも込みで、だが。

「小さい周くん、すごく可愛いと思うんです」

「……見たいなら見ていいけど、楽しいもんじゃないと思うけどなあ」

「そんな事ないですよ！　こういう知らない周くんが見られるの、素敵だと思います」

「……お好きにどうぞ」

とても機嫌が良さそうにケースを抱えているので止める気になれず、周は若干感情が渋りつつも多少の恥なら耐えられるだろうと真昼の好きにさせる事にした。

「私は小さい頃から写真や映像をほとんど撮らない環境だったので、こうして残っているのを見るとちょっといいなって思っちゃいます」

ディスクケースを大切そうに抱き締めながら呟く真昼に、周は何事もないように装って真昼を見る。

彼女も特に気負いのない声音《こわね》で告げたためあまり気にしすぎるのもよくないが、表情を窺《うかが》うと笑顔がほんのりとさみしげなものだ。しかし引きずっている、というよりは古傷がチクリと痛んだような、一瞬のものに見える。

真昼が両親に見向きもされなかった事を考えると唇に自然と力が入ってしまうが、今の真昼からしてみればそんな怒りを抱かれても困るだろう。

だから、周は絶対に真昼にそんな孤独を味わわせる事はしないと、心に誓っている。

「……真昼は小さい頃の記録を残したい派？」

「何もないというのは寂《さび》しいですから、残したいですね。いい思い出もよくない思い出も、後から客観的に見て自身の成長になる事があると思います」

「そっか、じゃあその時になったらこうしてたくさん撮っていっぱい残していかないとな」

真昼の手からするりとディスクケースを取って、中身をプレイヤーにはめる。

何を、とは言わなかったが、周にはその覚悟は出来ているし、覚悟も愛情も揺らぐ事がないと、本能的なものが確信していた。真昼が心の底から欲しがるものを与える、否《いな》、共に築いていく自信があった。

どういう風に受け取るだろうか、とディスクをセットしてソファに座る真昼の元に戻ると、真昼のどこまでも純粋な瞳《ひとみ》が大きく瞬きを繰り返していた。

「どうかした？」

「い、いいえ、何でもないです……？」

答えが完全に導き出せていないのか瞳がくるくると様々な感情を映しては消えていく様を笑って見つめると、見られている事が恥ずかしくなったらしい真昼は咳払《せきばら》いした後に再生が始まったＤＶＤの映像に視線を移した。

（まあこれはおいおいだな）

自分はまだ責任を取れない子供なのだ。

理想を口にするのは簡単であるが、それを現実にするには何もかも足りない。気持ちだけでどうにかなるほど現実は甘くないのだ。

まずはこの気持ちの熱量が不変である事を、時間をかけて彼女に知ってもらう事から始めよう。

胸の奥に鎮座する強くて深い熱を感じながら、隣で少し身じろぎしている真昼に笑いかける。

「ほら、見たがってた小さい頃の映像だ。まあこの頃《ころ》の子供は誰《だれ》でも可愛いと思うけど」

「……可愛いです。今の周くんを見るとこの頃の面影もありますけど、やっぱり目付きはこの頃の方が柔らかいですね」

気を取り直したのか映像を見ながら呟く真昼に「まあ今はちょっと目付き悪いからな」と苦笑で返しておく。

昔はかなり幼くて中性的な顔だったので、自分にそこまで自信がある訳でもない周が今見ても可愛い方だと思えるくらいだ。

散歩に通りかかった犬連れの近隣住民と笑顔で話す姿、周を含めた数人の子供達が庭で無邪気に遊ぶ姿、初めて自転車に乗った時の喜ぶ志保子と幼い周、とあまり覚えのないシーンから記憶のあるシーンまで色々と流れていく。

先程のやり取りは頭から一時的に抜けたのか、夢中でテレビを眺めている真昼に周としては出来ればこっちを先に忘れてほしいと願わざるを得なかった。

「あれ、この子さっきも出てきましたね」

一時間ほど見ているだけで何年か過ぎていたようだ。

友達と遊ぶシーンが何回か映っていたのだが、顔触れが一定しないのにその少年だけは何度も登場したのが気になったのだろう。

「ああ、こいつは近所に住んでる同い年のやつだ。幼馴染《おさななじ》みって言えるかは微妙な間柄だがそこそこに仲良かったやつだな」

今となっては仲が良かった時代が懐かしいのだが、仲が良かった時代に戻りたいとも思っていないあたり未練はないのだろう。

周は、今の自分が好きとはまだ言い切れないが、好きで居られる自分でありたいと努力しているので、何も苦労を知らなかった世間知らずなあの頃に戻りたいとは思わなかった。

周がするっと流したので真昼はそれ以上何も言わず、視線がテレビに戻る。

昔の自分の幼くやや甲高《かんだか》い声が、はしゃいだ様子を伝えてきた。

夏場にはしゃぎすぎて土まみれになった自分を見るとこんな時期もあったなあとしみじみする。

「……周くん、ほんとに思ったより滅茶苦茶《めちゃくちゃ》やんちゃですね」

「まあ子供の頃だからなあ。色々やっては母さんに叱《しか》られて学んだ。……待って真昼、この後はよくない」

映像が自宅の廊下に移ったところで、この後何を撮られたのか思い出して慌ててリモコンを手に取り一時停止ボタンを押す羽目になった。

あまりに瞬時の事だったので真昼が固まっているが、ここから先は自らの名誉と余計な物を見かねない真昼のために、見せない事を選ぶしかないのだ。

「え、何で止められたのですか」

「いや、この後はよくなかった気がする。俺の恥というより真昼の方が恥ずかしくなるやつだ」

「……本当にですか？　周くんが見られたくないだけでは？」

「いやそれもあるが違う。真昼が俺を直視出来なくなる」

周として現状見せたいものではないしそんな趣味ではない。そして真昼は真昼で見たらしばらく口がきけなくなるような絵面《えづら》が映されているのだ。

胡乱《うろん》げな眼差しを向けてくる真昼にどう説明したものかと悩んだが、直接的に言った方が分かるだろうと一つため息をついて口を開く。

「……だからその、廊下のこの先が風呂《ふろ》場なの、真昼も分かると思うけど。風呂で丸洗いされる映像だぞ」

掌《てのひら》一つで数えられる子供とはいえ男の裸を見たいのか、と真昼を見ると、予想外だったらしく固まっていた。

周としてもなんというものを残してくれていたんだと志保子に訴えたいが、本人はここにはいない。

「……し、失礼いたしました」

「分かってくれたならいい。母さん達も子供だからって写していいものと悪いものを区別しっかりしてほしいな」

「そ、そうですね」

もういいだろうと再生を中止した周だが、真昼のほんのりと名残惜《なごりお》しそうな表情を見てわざと肩を竦《すく》めてみせる。

「……興味あったの？」

「わ、私をそんなむっつりにしないでください！」

「いや真昼って割と好奇心がある気が、いて、分かったから頭突きはしてこないでくれ」

ちょっとした冗談だったのだが本気に受け取ったらしい真昼が真っ赤《まか》な顔で二の腕に頭をぶつけてくるので、流石にこのままだと拗ねるのが見えていたので素直に謝る。

しばらくぐりぐりと頭をぶつけて熱を発散させていた真昼だったが、ゆっくりと周と視線を合わせて唇を尖《とが》らせた。

「……周くんのいじわる」

「ごめんって、機嫌直してくれ。な?」

あまりからかいすぎるとその後引きずりそうなので、今にも周にぽこすかぶつけてきそうな手を握ってなるべく優しく笑いかけると真昼はきゅっと唇を結んで不満げな瞳を向けてくる。

「……周くんだって、私の立場になったら興味あるでしょう」

「いや別に子供にどうこう思う趣味は……。というかそれ自分が興味あるって認めて」

「知りません! ばか!」

余計な事を言った、と気付いても後の祭りで、真昼は周の柔らかな拘束から抜け出してぺしぺしと太腿《ふともも》を殴ってくる。

ちょっと図星だったのか、と何とも言えない面映《おもは》ゆさと恥ずかしさを感じながらも興味を示される事は嬉しい。つい笑いそうになりながら、真昼を落ち着かせるべく飲み物を淹《い》れにキッチンに向かう事にした。

周と少し距離を置けば落ち着くだろう、と真昼が好きそうな甘い飲み物を少し時間をかけて用意してリビングに戻ると、真昼はジト目を向けてきた。

「ほら機嫌直してくれ。お手製アイスココアです」

「……物で機嫌直すと思ったら大間違いですよ」

「要らないの？」

「い、要りますけど……全くもう」

そこは素直に受け取ってくれるらしい真昼に、ばれないようひっそりと笑いながら丁寧に手渡す。

鍋でかなり濃いめに作ったココアペーストを牛乳で溶き氷で冷やす、というちょっぴり手間がかかったこのココアは、真昼が好きな飲み物の一つだ。

鍋を使うと後処理に手間がかかるので自分ではあまり作ろうとはしないのだが、うっかり機嫌を損ねてしまった時に周が作ると素直に受け取って話を聞いてくれるようになる。

口に付けたのを確認してから「味は大丈夫？」と窺《うかが》うと、やや責めるような眼差しが和らいだ。

「……美味《おい》しいですよ」

「それならよかった」

「美味しいもので誤魔化《ごまか》そうとしてませんか」

「……そんな事は」

真昼は苦笑いを浮かべた周を一瞥《いちべつ》して、ココアの入ったマグカップを手にしたまま立ち上がった。

客間に戻る程機嫌を損ねたのか、と冷や汗をかいたのだが、真昼がすぐに腰を下ろした事でその汗も引っ込む。

代わりに、別の汗が出そうだった。

「……真昼さん？」

「……クーラー効いてるので肌寒いです」

周の足の間に腰を下ろした真昼が悪戯《いたずら》っぽい笑みをたたえて見上げてくるので、周は安堵《あんど》やら躊躇いやらで深々とため息をつく。

「どこまでをお望みで？」

「周くんの好きにしてもらって構いませんけど、あんまり変な事をしたらココアがどうなるか分かってますよね」

先日触られるのは好きであると言っていたが、これはつまり仕返しのお預けの意図があるのだと分かった。

「真昼にかかりそうなんだけど」

「ええ。かかりますね」

「何もしません」

「よろしい」

自身を人質に取るという強気な手法であるが、周にとってはそれをされると弱い。

どちらにせよ何かするつもりなんてなかったのだが、真昼直々《じきじき》に、わざと釘《くぎ》を刺してくるものだから、周も笑って無害アピールのために両手を緩《ゆる》く広げて何もしてませんというポーズを取る。

「隙間風《すきまかぜ》が寒いです」

「ちょっとわがままになったな、真昼も」

「わがままな私は嫌ですか?」

「まさか。もっとわがまま言ってくれていいぐらいだよ」

普段から自分を律する事が多い真昼なので、彼氏にくらいたくさん甘えてほしいものである。周に叶《かな》えられる事であれば何でも叶えるつもりだし、真昼が幸せそうに笑ってくれるなら自分の事は後回しでもいいと思うくらいだ。

ただそれは真昼側もそうらしくてよく甘やかそうとしてくるので、甘やかす主導権を握るための地味な攻防もよく発生するのだが……今日の真昼は、素直に甘えてくれるらしい。

包み込む周に全《すべ》てを委《ゆだ》ねている真昼は、ちみちみとアイスココアを飲みながらリラックスした様子を見せていた。

「……そういえば、周くんの分は作らなかったんですね」

「俺は甘いのそんなに好きじゃないし、真昼の飲んでる姿だけでお腹《なか》いっぱい」

美味しそうに頬を緩めて飲んでくれる、そんな姿を見るだけで、周としては自分の分など要らないくらいに満たされるのだ。

「お昼ごはん前なのにお腹いっぱいとはこれいかに」

「精神的な面で満足してるって事」

「じゃあお昼ご飯は要らないと」

「要ります要ります」

それとこれとは話が別なので真昼の体に回した腕で軽く締める力に強弱をつけて主張すると、腕の中の真昼はおかしそうに喉《のど》を鳴らして笑った。

「掌返しのお早い事で。周くん、もう普通に料理作れるでしょうに」

「……真昼のご飯が食べたいし、真昼のご飯じゃないと満足出来ない。真昼に手間かけさせるのは悪いと思ってるけどさ」

言いながら情けない事を言っているな、とは自覚している。

あまりに真昼の料理を食べ慣れてしまった結果、真昼の料理がないと食事に潤いがないように思えてしまうのだ。

もちろん他のものが不味《まず》いという訳ではないが、真昼の作った料理がないと物足りない、と思うようになってしまっている。

「仕方ない人ですねえ」

「真昼に胃を摑《つか》まれてるのは自覚してる」

「いっそ私なしじゃないと生きていけないくらいになってくれてもいいですよ?」

「もうなってるけど」

　周も真昼と過ごす内に問題なく一人で生活を維持出来るようになってこそいるが、ちゃんと充実しながら生きていると実感出来るのは、真昼が居てこそだ。

　そもそもこんなにも人を愛《いと》おしく思ったのも大切にしたいと思ったのもこれが初めてなので、真昼から引き剝《は》がされたら世界が色を失う気がしてならない。

　色のない日常をただ平坦《へいたん》に繰り返していく、それは生きながら死んでいるのと同じではないか。

　料理だけでなく真昼そのものの存在が今の周を形作っているので、居ないと生きていけないようなもの、という意味の言葉だったが、真昼の体が分かりやすく強張《こわば》った。

「ほ、ほんと周くんってそういうところがありますよね」

「どういうところなんだよ」

「何でもないです。じゃ、じゃあ作ります」

　半分ほど残っていたココアを一気に飲み干した真昼が立ち上がるので、腕の中の温《ぬく》もりや柔らかさがなくなった事を少し惜しみつつ真昼を見上げる。

「ゆっくり飲まなくていいのか」

「ゆっくり飲んでいられなくさせたのは誰だと……の、飲み干したので作ってきます。もうお昼時ですし！」

　ほら、と時計を指差す真昼につられて時計を見れば、確かに正午を過ぎている。

「確かに昼だけどさあ。あ、手伝いとか」

「今日はいいです！」

　先程のはまるで逃げるための言い訳のようで、それを指摘しようとしたもののすぐに真昼がキッチンに逃げ込んだので、周は何も聞かなかったことにして、料理を作ってくれる真昼に感謝の気持ちを送った。


　昼食を食べた後、周が食器を洗っているといつの間にか真昼が姿を消していた。

　常に一緒に居る訳ではないのだが気が付いたら居なくなっていたので、何か用事があったのか、それとも体調が悪くなったのか、と理由の推測をしてしまう。

　拗ねた件については食後にはすっかり戻っていたので違うとは思うのだが、可能性がゼロとも限らない。

　後で様子を見に行ってみるか、と決めて水を止めると、本当にちょうどよく階段の方から降りてくる足音が聞こえた。

　自分より軽《かろ》やかな足音に振り返って、固まった。

　皿を持っていなくてよかった、と思った。持っていたら恐らくシンクに吸い込まれていただろう。

「その、折角のおうちデート、ですので、用意していた格好がいいかな、と」

どこか隠したそうに恥ずかしげな様子を見せる真昼は、先日言っていたオフショルダーのワンピースを身に纏《まと》っていた。

普段はあまり露出がなく、一番多くともノースリーブになにか羽織《はお》るくらいの格好をしている真昼だが、今の真昼は首筋から肩に鎖骨まで剝《む》き出しになっている。

普段晒《さら》される事のないまっさらな肌が惜しげもなく晒されており、外は鈍色《にびいろ》の雲に覆《おお》われて空気全体を重くしているのに真昼の周りだけ軽やかで眩《まぶ》しい。

袖《そで》自体は七分袖なので総合的な露出度を見ればノースリーブの方が多いのだが、普段見えない所が見えている、という事がより鮮烈さを際立《きわだ》たせていた。

「どうですか、似合ってますか?」

「似合ってる。すごく似合ってる」

思わず褒めるのを忘れる程視線をぶつけていたのだが、真昼の物言いたげな眼差しに慌てて感想を口にする。

買う際に確かに似合いそうだとか言ったのは周だが、まさかこんなにも物にして現れるとは思うまい。

露出が多い訳ではないのにほんのりと色っぽくて、そのくせ清楚《せいそ》さは失われていないあたり、真昼の雰囲気や顔立ちが影響しているのだろう。

「……ありがとうございます」

「もしかしてもう少し具体的に褒めた方がいい？　真昼は肌が綺麗《きれい》だからこうして見えると滅茶苦茶眩しく見える。真昼は華奢《きゃしゃ》な分こういう体のラインを見せる服も服に着られる事なく着こなしてるなって。あとこの柄《がら》だといつもより真昼の身長が高く見えるな、すっきりしたデザインで大人っぽさも増してると思う」

あまり語彙力《ごいりょく》がないので真昼を適した言葉で褒められる訳ではないのだが、彼女がおめかししてくれたのだからと言葉を尽くして称賛しようとする周に、真昼は慌てて首を振った。

「わ、分かりましたからもういいです、私を照れさせてどうしたいのですか」

「褒められて照れているところを見るためと言いたい事を言うためだけだが」

お世辞ではなく本気で真昼を褒めているし、これは一種周の自己満足のような称賛なので、真昼をどうこうしたいという訳ではない。

自分の中に生まれた感情を言葉にして吐き出しておかないと胸がいっぱいになりそうだった。

「ありがとうございます。でも、も、もういいです、お腹いっぱいです」

「ご飯食べた後だからかな？」

「さ、さっきの意趣返《いしゅがえ》しされている気が……」

「何の事だか」

真昼への返しはわざとだが、称賛については本気だし本音である。

ただあまりにも言いすぎるとそれはそれで真昼が口をきけなくなりそうなのでこれくらいにしておいて、用意してあったタオルで手の水気を拭き取る。

「さて、俺は食器洗い終わったし頼まれていた家事も先に済ませてあるけど、これからどうする？」

折角着替えてもらったが、外は変わらず雨のまま。

台風が遠ざかり天気が回復するのは夜を越えてからだとニュースが伝えていたが、今日は天気予報は外れなさそうだ。

実家で二人で出来る事に限りがある。

先程はホームビデオを見ていたが、それを除けば映画鑑賞か書斎に置かれている本を借りての読書、あとは学生の本分である勉強くらいなものだ。

自宅に居る時によくする事であって、おうちデートでするには日常的すぎるだろう。

「……周くんとゆっくり過ごすだけでは、駄目でしょうか」

「俺は別にいいけど、真昼は退屈しない？」

「自分から言い出しておいて嫌という訳ないでしょう。周くんの側《そば》に居るだけで、十分に満たされますし」

何とも可愛らしい事を変わらずに言い続けてくれる真昼に頰が緩むのを自覚しながら、周はそっと真昼の頭を撫でた。

「そっか。じゃあ、ゆっくりしようか。実家だからほんとに俺達が自由に出来て楽しめるものとかは少ないんだけどさ」

周が持っている真昼と楽しめそうなゲームや漫画は、自宅の方にある。荷物を増やしたくはなかったので持ってこなかったのだが、こうなるとゲームの一つくらい持ってきてもよかったかもしれない。

ただ、なくても十分に幸せだという事も経験則で分かっているので、自分の事ながら安上がりだなと思ってしまう。

「一緒に居て満たされるって省エネだよな」

「ふふ、そうですね。これが長く続くコツかもしれませんよ?」

「コツっていうか相性《あいしょう》と性格の問題だと思うんだけど……俺達が噛《か》み合《あ》っているのは間違いないか」

友人でも恋人でも長続きするのは一緒に居て楽しいかより無言で居て苦ではないか、という点が大切だと思っているので、お互いに無言でも充足感がある周と真昼は非常に相性がいいのだろう。

今日はデートなので、もちろん喋《しゃべ》るし構い合うが。

「部屋、行こうか。……疚《やま》しい意味じゃないぞ?」

「そこは疑ってませんよ」

「俺としては疑ってほしいんだけどなあ……」

何をしても許してくれそうな真昼であるが、疑われないのも複雑である。

真昼の信頼度合いに苦笑いしながら、真昼の手を引いて自室に行く。

ほとんどの家具を持ち出している自室はやはり殺風景で、その分真昼の存在が華やかで際立っていた。

どこに座ろうか悩んだものの、やはり真昼のお尻《しり》を痛めるよりはとベッドに上がって座ると、真昼は少しだけ恥ずかしそうに瞳を伏せたものの周の足の間にナチュラルに座って体を預けてくる。

こういう信頼し切った態度が自分を調子づかせるんだ、と嬉しさと躊躇いを抱きながら、それでも周は一瞬浮かび上がった欲求を強引に奥に沈めて抱き締める。

今度は先程よりもしっかりと。

痛くならないように気を付けながらも真昼の柔らかさや温もりを味わうように体を密着させる。すべすべの肩に顎《あご》を乗せて軽くもたれると、真昼が微《かす》かに体を震わせた。

「……あ、あの、周くん」

「いいだろこれくらい。別に、変なところは触ってないし」

触れているのもお腹と背中、肩くらいなものだ。

真昼がお着替えしたお陰で顎の乗った肩は剝《む》き出し状態なので、滑《なめ》らかな肌の感覚が伝わってきた。

そっと下を見れば、オフショルダーが故《ゆえ》にデコルテが晒されているので、こんもりとした盛り上がりや服に隠し切れていない谷間が覗《のぞ》いている。

絶景ではあったが、あまり見ているとよからぬ思いが浮かんでくるので視線を戻し、真っ赤になっている耳に口付けた。

「ひゃっ……だ、だから耳をいじめるのはやめてくださいと朝言ったでしょう」

「腰が砕けると?」

「そ、そこまでじゃ、ないですけど……むずむずするから、駄目です」

「じゃあとっておきのためにやめておく」

普段から意地悪するより、特別な時に触れる方が効果的だろう。慣れてしまえば刺激を感じるのが鈍くなるので、たまに、くらいがよいだろう。それが真昼にとってよい事なのかは、さておき。

「それはそれでとんでもない事になりそうなんですけど」

「それとも今慣らしておく?」

「どっちも駄目ですっ」

勢いよく振り返った真昼に真っ赤な顔で今度は強く睨《にら》まれた。

あんまりにもやりすぎるとまた拗ねそうなので、周は「ごめんって」と優しく囁いて、真昼の体を包み直す。

「……周くんが意地悪です」

「ごめんごめん、もうしないから。……それにしても、すごく似合ってる。人に見せるのがもったいないくらいだから、家でゆっくりしててよかったかも」

正直真昼は大抵の服は着こなしてしまうのだが、例に漏《も》れずこのオフショルダーワンピースもばっちり似合っていた。そこらのモデルよりずっと自分のものとして着こなしている。

滑らかな肩や無防備なデコルテが晒されているので、正直あまりこの姿を他人に見せたくない。

たゆまぬ努力によって磨かれた肌を他の男に見せるのは、嫌だった。吸い付きたくなるような白磁の肌を眺めつつ、ちょっぴり台風に感謝してしまった周である。

「……周くんの好みがこういうのってよく分かりました」

「こ、好みというか、真昼に似合うだろうな、と。派手な服よりシンプルだけどアクセントのある服が真昼には合うし」

「それならよかった。周くんに見せたくて、買っちゃったので」

「ならもっとよく見たいかな」

今は背後から抱えるように抱き締めているので、前は見にくい。一応先程も見ているが、もっと至近距離から眺めたかった。

周の一言に、真昼はおずおずと体ごとこちらに向けて、少し不安げに見える上目遣《うわめづか》いを向けてくる。

こうして近くで見られるのが恥ずかしいのか、ベッドの上で改めて向き合うのが恥ずかしいのか、真昼の心情を正確に把握出来ないが、照れているのだけは分かった。

「……似合ってる。可愛い」

「し、知ってます。周くんが、可愛いって思ってくれている事くらい」

「うん。……こう言うのは恥ずかしいけど、誰よりも可愛いって思ってる」

そもそも真昼以外対象外なので愛おしいという意味も込めての可愛いという表現は今のところ真昼にしか向けるつもりがない。将来的な意味で、別の子に言う事にはなるかもしれないが他人に言うつもりはない。

どこまでも素直に言葉を口にして真昼の頰を撫でる周に、真昼が視線を右往左往させている。

「……今日の周くんは、いつもより素直というか大胆というか」

「デートだからな。おうちの、だけど」

デートの場合は男性がリードすべき、と昨日散々修斗に言われたのだ。結局出かける事はならなかったが、家でするデートには変わりがないので、周が主導権を握っておくべきだろう。

頰をくすぐるように撫でれば、真昼は赤らんだ頰を緩めつつも恥じらいに瞳を伏せている。

「……いつもこんなにぐいぐいこられると、いっぱいいっぱいになっちゃうのですけど」

「日頃《ひごろ》からした方が……」

「だ、駄目です。……私の心臓がもたないですし」

「そんなにどきどきする？」

「……します」

そう言って真昼は周の手を掴んで、ちょうど真ん中の辺りに誘う。

手といっても手の甲であるが、それでも柔らかさと温もりはしっかりと伝わってくる。いつもよりかなり早いであろう、大きな鼓動も。

布地が薄い分鼓動もしっかりと感じられるし、柔らかさも強くはっきりと感じる。

息をつまらせて真昼を見れば、視線が合う。

途端に彼女のカラメル色の瞳は恥じらいに潤みつつも、訴えかけるように強くこちらを見据えていた。

「……周くんもどきどきしてくれなきゃ、不公平です」

「……すごく、してるよ」

「本当に？」

真昼が周の胸に顔を埋《うず》める。

羞恥《しゅうち》を隠すためでもあるだろうが、周の心臓のリズムを聞きにいった真昼は、周自身でも分かるくらいの鼓動の高鳴りに「ほんとだ」と少し嬉しそうに呟いた。

「……彼女にこんな事されてどきどきしない訳がないというか」

「だって、最近周くんはこう、余裕があるというか……ずるいです」

「逆に、余裕がないのはカッコ悪くないか？」

「そんな事ないです。周くんはいつだってカッコいいですよ」

「……それはどうも」

そういう事を言われると余裕がなくなるのが分かっていて言っているのか、と言いたくなったものの、おそらく真昼は素《す》で言っているので飲み込む。

代わりに、胸にくっつく真昼を抱き締めて頭を撫でておいた。

可愛いなあちくしょう、と小声で漏らせば真昼が顔の上半分だけ周の胸から上げて、小さくはにかむ。それだけで無性に愛おしさが込み上げてくるのだから、惚《ほ》れ込んでいるなと自分でも思った。

落ち着きを取り戻すように無心で真昼の頭を撫でて可愛がっていると、真昼も恥じらいが薄れてきたのか気持ち良さそうにされるがままになっている。

真昼は元々頭を撫でられるのが好きらしいので、落ち着くのだろう。

「……なあ真昼」

「はい？」

「思ったんだけどさ、これがデートだとやっぱりいつもデートしてるようなもんだよなあ。真昼って大概俺の家居るからな」

おうちデートを極端に特別なイベント、という風に感じないのは、真昼が隣に居る事に馴染《なじ》んでしまったからだろう。

家で過ごす時は、ほぼ真昼が居る。

ただ、こうしていちゃつくというのはあまりなく、のんびりテレビを見ながら談笑したりご飯を食べたり勉強をしたりといった感じで、デートらしさはないが。

だからか、特に緊張したりどきどきしたりというのは、あまりない。

「ふふ、そうですね。これなら毎日おうちデートしてますかね？」

「かもなあ。たまには俺んちじゃなくて真昼んちにも行ってみたいけど」

「私の家……ですか？」

「あ、いや疚しい思いはないんだけどな。興味があるというか」

基本的に、というよりは常に真昼が周の家を訪ねているので、逆に周が真昼の家を訪ねてみたいという欲求があった。

一度入ったことがあるとはいえあの時は観察する訳にもいかなかったし、単純に真昼が住む部屋を見てみたい、という好奇心なのだが、男が女の子の部屋に入りたいなんて言えば下心を疑われる。

なので、とてもではないが言えなかったのだ。

「別に構いませんけど……大したものないですよ？」

「興味本意だよ。……あと、確かめに行きたかったというか」

「確かめに？」

「いや、机の上に置いてある写真立てに入っていた写真はどんな俺が写っていたのかな、と」

真昼が言っていた写真立て。

本当にあの時は見ていなかったので何が何だか分からなかったのだが、付き合った今なら分かる。

周に見られていないかわざわざ確認したのは、その本人に見られていたかどうかを知るためだろう。

たまに真昼、それから樹《いつき》や千歳《ちとせ》に写真を撮られていたので心当たりが幾《いく》つかあるのだが、そのうちのどれなのだろうかと気になるのだ。

「な、な……っ！　わ、分かっていたのですか⁉」

「いや、付き合った後にそうなんだろうなあと気付いたというか」

流石にあの時に分かっていたらもう少し早く踏ん切りがついていたと思う。自分の写真を飾っている、というのは普通好意がなければ出来ないものだ。

「……その、ひ、引いてませんか？」

「何でそういう話になるんだ」

「勝手に写真を印刷されて飾られているって、場合によってはストーカーみたいですし」

「んー、本当に場合によるんじゃないか？　そりゃあ見知らぬ人間に隠し撮りとかされていたら嫌だなって思うけど、真昼相手だし。そもそも、多分それ真昼本人が正面から撮ったものか樹千歳からの横流しだろ。って事は俺が知ってる写真だろうし、付き合っていなくても真昼が飾る分には嫌だとは思わないけどな。……ちなみに、本当にどの写真？」

「……周くんが笑ってるところです。赤澤《あかざわ》さんが撮ってくださったものですので、私が見ないタイプの笑顔だなって……」

「しれっと横流ししてるよなあいつ」

もうあのカップルが結託して真昼の味方をしているのは知っているので、責めるつもりはないのだが変な写真を送っていないか心配になる。

流石にそのくらいの良識は残しているだろうと信じつつ「まあそれならいいけど」と肩を竦めてみせると、真昼は分かりやすく安堵の吐息を落とした。

「よかった、嫌われたらどうしようかと……」

「逆に俺が真昼の写真飾っているって言ったらどう思う？」

「それは嬉しいですけど構図と写真映りが気になりますね……なるほど、そういう事ですか」

「そういう事。だけどまあ変な写真じゃないようだし、あんまりつついても真昼が真っ赤になるからやめておこうかなって」

いじりすぎると真昼が腕の中で膝《ひざ》を抱えてしばらく話を聞いてくれなさそうなので素直に退《ひ》くと、真昼はそれを想像したらしくちょっぴり涙目で睨んでくる。

だが咎《とが》めてこないのは、無許可で飾っていたのは自分だからだろう。

何も言えなくなってしまった真昼に小さく笑ってあやすように背中をぽんぽん叩《たた》く。

「まあ、それは抜きにしてもやっぱり恋人の部屋とか気にならない？」

「周くんのお部屋はよく見てますので」

「まあ真昼は起こしにきたり部屋でうたた寝したりするからな」

真昼が周の部屋に入る機会は割とある。朝起こしにくる事もあれば、周が居ない時にたまに入ってうたた寝をする事もある。

周が買い物から帰って来て着替えようと部屋を見たらすやすやと真昼が寝ているので、非常に狼狽《ろうばい》した覚えがあった。

入ってもいいと言ってはいるし別に見られてまずいものは一応ないので平気ではあるが、彼女が無防備に自分のベッドで寝ているところを見てしまった彼氏の気持ちを考えてほしかった。

「だ、だって……周くんの匂《にお》い、落ち着きますし……」

「俺は落ち着かないんだけど。自分の部屋、それもベッドで彼女が寝てたら普通襲うぞ」

「……紳士ですよねえ」

「信頼に基づく油断は嬉しいけど、俺の理性が死ぬので控えてくれ」

「すみません」

「……次やったら寝顔撮影会するからな」

「そ、それはいやです」

「じゃあ気を付けてくれ」

寝顔を見られる事には抵抗があまりないらしいが、それを撮られるのは嫌らしい真昼の気持ちはよく分からない。

「寝るのは、極力お泊まりの時だけにしておきますね」

「……おう」

恥じらいつつも嬉しそうに呟いた真昼に、そういえば日にちは決めていないがお泊まりする約束をしたな、と思い出して一気に熱が頬にのぼる。

こんな調子で真昼を隣に寝かせる事になったら、理性が危うい気がする。くっつかれてはにかまれたら、手出ししない自信がなかった。

「……寝間着は分厚いやつで頼むぞ」

「今の時期だと暑いんですけど……」

「俺が困るんだ」

「……ひらひらの、嫌です？」

「何されてもいいなら着てくるのは好きにしてくれ」

暗に着てきたら何かするぞ、という意味を込めて返すと、真昼はこちらをじいっと見上げた後、ゆっくりと微笑みを形作る。

「周くんが望むのであれば、何されてもいいですけど」

「……知ってるけど、さ」

「何かしますか？」

「……くそう、その信頼に基づいた発言に何も出来なくなる自分が悔しい」

こてん、とあどけなさが強い表情で首を傾げられては、何も出来ない。

元々何もするつもりはなかったのだが、妙に悔しいというかしてやられたような気がする。

「……そもそも、警告してくる時点でする気なかったですよね」

「うるさい」

「ふふ。今日は総合的に見て私の勝ちです」

いつもしてやられていたので、と悪戯《いたずら》っぽく笑った真昼に「可愛いなあちくしょう」と恨み言未満の褒め言葉を送り、勝者に軽く口付ける。

これだけで真昼の顔が真っ赤になり、言葉を失わせて勝利をうやむやにしてしまえるのだから、可愛いものである。

「……ずるいです、そういうの」

「知らない」

「結局いつも私が負けるじゃないですか……」

「そんな事ないぞ。基本的には真昼に首ったけで負けてるので許してくれ」

真昼はいつも負けているというがそんな事はない。常に真昼の可愛さにやられている身としては、たまにの勝利くらい譲ってほしいものである。

首ったけ、という単語に「それなら仕方ないですね……」と頬を赤らめて瞳を伏せた真昼に、それで納得してくれるんだと小さく笑う。

その笑みが微笑ましさからくるものだと感付かれない内に、真昼を抱き締めて顔を自分の胸に押し付けておいた。

真昼はそれで幸せなのか、もぞりと少し体勢を変えて、周に体を預けてくる。

信頼しているからこそこうして甘えてきてくれるのは分かっているので、先程とはまた違った微笑ましさに口許《くちもと》が緩んだ。

「……甘えんぼだなあ」

「周くんが甘えていいと言ったのです」

「そうだな。幾らでも甘えてくれ」

「それだと私が駄目人間にされてしまうのですけど……」

「俺が駄目人間にされてるんだから、俺もする」

「そこはやり返さなくていいのです」

もう、と顔を上げてほんのり不服そうにしている真昼に、今度は優しく、そして軽く額に唇を落とすと、ぽっと音を立てそうな勢いで顔を赤らめた。

「……それで誤魔化《ごまか》せると思ってる気がします」

「嫌か？」

「嫌ではないですが……むむ」

ずるいです、と小さく呟いてぐりぐりと胸板《むないた》を額で押してくる真昼にまた笑って、少しぼさっとしてしまった髪を指で丁寧に整える。

手櫛《てぐし》ですぐに髪型が戻るさらさらつやつやのストレートヘアーは非常に触り心地がよくて、髪を直してからもついつい触ってしまう。真昼が嫌がってないしむしろご機嫌になっているので、やめはしないが。

猫を膝の上で可愛がってるみたいだなあ、なんて思いつつ撫でていると、真昼もすっかり落ち着いているのかすりすりと周の体に顔を寄せている。

「……幸せですね。こうして、周くんのご実家でゆっくりして、穏やかに過ごすの」

「それならよかった。うちに来て楽しいか不安だったからな」

「ふふ、帰るのが名残惜《なごりお》しいくらいですよ」

来る前は真昼が我が家に馴染めなくて居心地が悪かったらどうしようかと思っていたのだが、

杞憂《きゆう》だったようだ。

「すっかり真昼も我が家に馴染んだよなあ」

「志保子さんと修斗さんがよくしてくださったお陰ですよ」

「母さん達は俺より真昼可愛がってるからな」

「拗ねてます？」

「拗ねてません」

別に志保子や修斗が真昼に構うのは来る前から分かり切っていたし、真昼が周と一緒に居ようとしてくれるのでもう拗ねたりはしない。

まあ少々両親がいずれの娘への期待と好感度が高すぎる気がするが、待望していた存在なので気持ちも分からないでもなかった。

「ふふ、そうですか。拗ねてたらぎゅっとしてたんですけど」

「拗ねてなきゃしてくれないのか」

「いいえ、周くんならいつでも」

「じゃあお言葉に甘えても？」

「どうぞ」

一度周にもたれるのをやめて周に向かって腕を広げた真昼に、どうしたものかと唇を閉ざす。

恐らく飛び込んでおいでという事なのだろうが、ただでさえ真昼は出るところは出て引っ込むところは引っ込んだ、それでいて均整の取れた体つきをしているというのに、今はオフショルダーのワンピースを身に付けている。

顔を埋めたら多分幸せにはなれるだろうが、色々と揺らぐものが出てくるだろう。

しかし、別に彼氏なんだからこれくらい……と囁いてくる悪魔が自分の中に居た。

何もしなければいい、堪能するくらい許される——そう揺さぶりをかけてくる欲求に、周は小さく呻《うめ》く。

魅力的な誘惑に、周は抗《あらが》い切れなかった。

真昼の背中に手を回し、晒されたデコルテに顔を埋める。

少し顔を下に移動させれば柔らかな隆起に突っ込む事になるだろう。

さすがに今の周の耐久力でそこまでは出来なかったが、綺麗な鎖骨やひっかかりのない滑らかな白い肌に唇を寄せ、彼女から香るほんのりと甘い匂いを堪能する。

真昼は少しくすぐったそうにしていたが、嫌がる様子は全くない。むしろ、嬉しそうに周に手を回して子供を可愛がるように抱き締めて撫でている。

「ふふ、周くんもあまえんぼさんです」

「うるさい」

「いいんですよ甘えてくれて。だめだめにしますから」

「もうなってる」

どろどろに溶かされている気がするし、逆にどろどろに溶かしている気もする。お互いに甘やかしてとろけさせていて、二人してお互いが居ないと駄目、という領域にまで至っているようにも思える。

まっさらなデコルテに軽く口づけつつ真昼を見上げれば、くすりと笑って周を抱き締めたまま楽しそうにしていた。

「周くんもこうしてみると小さく感じますよねえ。普段は大きくて頼もしく感じるんですけど」

「そうか？　……真昼は、小さくて細いな。簡単に包み込めるし」

「今は私に包み込まれてますけどね。……周くんに包まれるためにこうなったのかもしれませんよ？」

「じゃあ俺専用の真昼だな」

「はい。……周くんは、私のです」

「ん」

「ふふ」

嬉しそうに笑ってよしよしと撫でてくる真昼に、周はそろそろ限界だと少し腰の位置を高くして首筋に口付ける。

びくっ、と反応が早かったのは、それだけ首は弱いという事だろう。耳もそうだが、首も敏感らしい。

「ん……っ、痕《あと》とか付けないでくださいよ」

「つけないけど、キスはする」

「そ、それもこそばゆくて困るのですが……」

「嫌なら突き放してくれて結構だが」

「……いじわる」

それが出来ないのくらい知ってるくせに、なんて拗ねたような声が聞こえたが、本当に嫌なら拒む事を分かっていてしているので問題はない。

しばらく軽い口づけを肌にしていたら、真昼がそろそろやめてほしそうにべしべしと背中を叩《たた》くのでここまでにしておく。

内側から炙《あぶ》られたように頬を染めた真昼に睨まれたので、宥《なだ》めるように抱き締めて頭を撫でた。

「……話はずれたけどさ、帰るの、嫌か？」

さすがにこれ以上べったりすると拗ねそうなので話を戻してみると、真昼は周の言葉にきょとんとしたあと、淡く微笑んだ。

「いえ、そんな事はないですけど……少し、寂しいですね」

「それならよかった」

「え？」

「それだけ居心地よかったって事だろ」

「そ、そうですけど」

「次にまた来ればいいさ。年末とか、来年の夏とか」

　別に今回帰ったところで、また周は帰省する。元々夏と冬の長期休暇は顔を出せと言われていたし、真昼さえよければまた一緒に実家に帰ってもいい。

　志保子や修斗も喜ぶし、周も長い間彼女と離れなくて済む。

「……また」

「嫌か？」

「そ、そんな事はないです」

「そっか。……ここ、実家みたいに思ってくれればいいから」

「……はい」

　真昼には帰る場所がある、そう思ってくれたらなという願いも込めて囁けば、真昼はじわじわと滲《にじ》む喜びを隠そうともせず甘い笑顔を浮かべて、周の肩に顔を埋めた。

第5話　もう一つの別れ

台風一過、と言えばいいのか、あれだけ執拗《しつよう》に降っていた雨は止《や》み、不安にさせるような鈍色《にびいろ》の雲は青空から姿を消していた。

「もう一日早く過ぎてくれたらデートに行けたんだけど？」

昨日とは打って変わって夏らしい晴天をリビングの窓から眺めながら呟《つぶや》くと、隣で同じように空を眺めていた真昼《まひる》が小さく笑った姿が窓の反射で見えた。

「まあまあ、過ぎた事は仕方がありませんし、隣に居られたら満足ですので。いつだって私の隣は周《あまね》くんに空けていますし、また改めてお出かけすればよい話ですから」

「そりゃありがたいけどさあ。……隣空けてるって、たまに千歳《ちとせ》が割り込んでくるけどな」

「千歳さんは例外でしょうに」

上品に喉《のど》を鳴らして笑う真昼に、周はそっと肩を竦《すく》める。

確かに、千歳は真昼にとっての例外だろう。真昼とは性格的に方向性が違うが、それが真昼にとってよい影響を与えているし、真昼も屈託《くったく》ない千歳の事を気に入っている。

周の居ない所でどのように友情が育まれたのかは分からないが、いつの間にか周が予想していたよりも遥《はる》かに強固な友情が結ばれていた。

それはよい事なのだが、たまに変な影響を受けてくるところがいただけない。

「ふふ、女の人にもやきもち妬いちゃいますか？」

「そこまで狭量になった覚えはないよ。ただまあ、あそこまで仲がいいと少し複雑にはなるけど」

「ふふ。……千歳さんが居て救われていますので、許してくださいな」

「許すも何も、真昼の事をあれこれ口出しするつもりはないけどな。真昼を信じてるし」

彼氏といえど流石《さすが》に交友関係まで口出しするつもりはない。千歳とどれだけ仲良くなったか、どのようなやりとりをしているか、とあれこれ聞くのはプライバシーの侵害だろう。

「私も信じてますので。……たとえ異性のお友達が出来ても怒りませんよ？」

「出来ると思ってるのか俺《おれ》に……」

「今の周くんなら普通に友好的な関係が築けると思いますけど」

「そうかあ？」

確かに真昼との交際をきっかけにクラスの女子から話しかけられるようになったし、その対応を失敗したような感覚はない。普通のクラスメイト間での交流が始まった、くらいなものだ。

それを友好的な関係だというのならそうだろうが、友達と言われると頷《うなず》けないくらいの距離である。

明確に異性の友達と言えるのが千歳くらいだし、これから進んで他に友達を作ろう、とは思っていない。

周にとって今ある関係を大切にする方が大事で、その過程で他の人と仲良くなったならともかくわざわざ積極的に交友範囲を広げるつもりはなかった。

「そもそも周くん、女の子の友達を作る気が微塵《みじん》も見えないんですよね」

「彼女に誤解されるような真似《まね》を何故《なぜ》俺が……そもそも、それは真昼が怒らずともひっそり妬くの見えてるし」

「むむ。私だってそんなに狭量ではありません」

「でも不安がって泣きそうになるのは予想出来るぞ」

真昼は周が浮気《うわき》に見えるような行為自体しないという事を理解しているだろうし、周としても信用されているという自覚はある。

それはそれとして、真昼が周の側《そば》に他の女性がいるという事にある種の不快感を抱くという事も、分かっている。

周を疑いはしないだろうが感情的に嫌だと思うのは見えているので、なるべくそういう感情を抱かせないように周としては気を付けていた。

「誤解されるような行動は取らないよ」

「……知ってます」

大真面目《まじめ》に告げると、真昼は照れたように小さく呟いた後周の二の腕に頭突きしてくるので、照れ隠しだなと理解しながらも指摘しないまま彼女の好きにさせておく。

隣の真昼が落ち着くまで、静かに窓の外の青空を眺めた。

「……この景色が見られるのも後少しなんだよな」

小さく呟くと、恥ずかしさを内側に収めようとしていた真昼が顔を上げてこちらを見てくる。

真昼の方に視線を落とすと、滞在日数が尽きようとしている事を思い出したのか「もう明日にはここを発《た》ちますものね」とどこか残念そうに返してきた。

体感的には色々と詰まった帰省だったが、実際の日数より短く感じるのはそれだけたくさんの事があったからだろう。

「帰ったら当分ここにはこないからな。ちょっと名残惜《なごりお》しい気持ちがある」

「私としても、折角志保子《しほこ》さん達と会えたのにもうさようならは寂《さび》しいものがありますね。よくしていただいた分、尚更《なおさら》」

「よくしたっていうかあの二人は好き勝手にしていたというか……」

「ふふ、私にとってはそれがよかったのですよ」

実の息子より余程可愛《かわい》がられていた真昼を思い出して、喜んでくれた事に対する嬉《うれ》しさが湧《わ》き上がる。

どうしても真昼の家庭事情的に円満な家族に憧《あこが》れる面があったので、その欲求を満たせた事が嬉しい。代替、と表現するのは差し障りがあるが、藤宮《ふじみや》家に来て少しでも温《ぬく》もりが得られたなら、よかったと思う。

「こともうお別れなんですね。見知らぬ土地を一人で歩き回るのも憚《はばか》られるので周くん達と一緒の時しか外に出ませんでしたけど、もう少し見て回りたかったです」

「なら散歩に行くか？」

前の散歩は東城《とうじょう》の存在によって途中打ち切りになったので大して見回る事が出来なかった。あの再会自体は結果的に良いものであったが、散策するという点で考えれば失敗に終わっていただろう。

「い、いいのですか？　私のわがままで……」

「なんでこれがわがままになるんだ。たかが散歩だろ。俺もしばらくの見納めのために外行くつもりだったし」

真昼のため、というよりは自分の気分転換のために外に出るつもりだったので、そこに真昼が加わる事には何の問題もない。

むしろ、この間の散歩の続きが出来るのでよい事尽くしだ。

ウェルカム状態な周に真昼はぱちりと大きく瞳《ひとみ》を瞬きさせた後、ほんのり気恥ずかしさを交えたような淡い笑みを浮かべる。

「じゃあ、行きます。ここに居られるのもあと少しですし、折角なら周くんの生まれ育った街を、改めて見てみたいです」

「まあ前の散歩はハプニングあったからなあ」

「……周くんが、そう捉《とら》えられるようになって、よかったです」

「もう気にしてないって」

「分かってますけど」

「まあ、仮に傷ついたとしても、真昼が癒《い》やしてくれるそうなので」

「……私でよければいくらでも癒やしますし甘やかしますよ？」

「そうやって甘やかされるとだめだめになるから程々《ほどほど》にな」

最近は自分でもしっかりしてきたな、と思うようになったが、真昼が本気で甘やかしてくると抗《あらが》えぬ誘惑で駄目にされてしまう。

折角自分を律する術《すべ》を覚えたのに、真昼の行動一つで全部溶かされてしまうのは避けたい。

「今の周くんは駄目加減が低いので甘やかすくらいが丁度いいと思いますけどね」

「どこ目指してるんだ真昼は」

「周くんだけにしかしない、周くん専用の癒やしですよ？」

にっこり、と無邪気な微笑《ほほえ》みを向けてくるが、無邪気な筈《はず》のその笑みにどこか色っぽさを嗅《か》ぎ取ってしまうのは、周の邪《よこしま》な心のせいかもしれない。

甘えたいし癒やされたい、という奥に留《とど》めている欲求を見抜かれている気がして、周は真昼から顔を背《そむ》けた。

「……左様で」

「照れましたね」

「うるさい。ほら、準備して行くぞ」

「ふふ、はーい」

先程の仕返しが出来て嬉しそうな声を上げる真昼に、周は頬《ほお》の内側を緩《ゆる》く噛《か》んで羞恥《しゅうち》で顔が歪《ゆが》むのを堪《こら》えながら視線を逸らした。


周は特に大した身支度はせずともすぐに出かけられるのだが、真昼はそうはいかない。

外出用の服に着替えた後せっせと日焼け止めを塗って紫外線対策をしている。こうして紫外線対策しないとすぐに焼けて真《ま》っ赤《か》になって皮が剝《む》けるらしく、かなり念入りに塗っている。

そんな様子をのんびり眺めていたら真昼から「周くんもですよ」とジト目と日焼け止めのチューブを差し向けられたので、ここは素直にその好意を受け取っておいた。

「……周くんはもう少し気にした方がいいと思いますよ。肌強いとは言え、日差《ひざ》しは強いですから」

「いや外出るようになって前より焼けた方だし、白すぎても不健康だからいいんだけど……」

「日焼けは火傷《やけど》ですので、不必要に焼ける必要はないです。焼くにしてもこんなに強い日差し

で焼く必要はないですから。ひどいと水ぶくれできちゃいますよ?」

本日は極端に日差しが強い訳ではないが、しっかり晴れている。予防するに越した事はないと周の顔に丁寧に塗っている真昼に、周は瞳を閉じながら「分かった分かった」と返した。

日焼け止めを塗るついでにほんのり顔を好き勝手された周は、何だか満足そうな真昼の手を取って、外に出る。

途端に体を気怠《けだる》げな暑さが襲ってくるので、冷房という文明の利器《りき》は偉大だと改めて感心してしまう。

やはりというか、夏真っ盛りの昼間だと、結構に暑い。帽子を被《かぶ》っているとはいえ、眩《まぶ》しいものは眩しいしじりじりと肌を焼こうと温めている日差しの強さを感じる。

「やっぱり暑いですねえ」

カンカン帽にアームカバー、小さめとはいえ日傘《ひがさ》という徹底した日焼け対策をしている真昼だが、小柄な分暑さを感じやすいだろう。

「Uターンする?」

「いえ。折角ここ最後のお出かけになるのですし、楽しみたいです。……周くんは日傘ささなくてよかったのですか?」

「帰りに買い物して帰るから荷物増えるし、今日の日差しくらいならまあいいかなって」

周が日傘をさして真昼の隣に並ぶと傘がぶつかる可能性もあるし、並んで歩くなら他の歩行者の邪魔になりかねない。

真昼ほど日焼けに気を使っていないので、日焼け止めを塗ってもらったなら十分だろう、という判断だ。

それに、片手を空けておいた方が、真昼は喜ぶだろう。

するっと手を握った周に、真昼はこちらを見上げてくるので何も気付かない振りをして「どうした？」と聞くが、真昼は少し照れたように瞳を伏せた後緩く首を振った。

日傘を貫通した日差しが頰を彩《いろど》っている事には触れず、周はそのまますら笑って真昼の手を引いて歩き出した。

「この前の散歩とは逆方向に来てみたんだけど、どちらにせよあんまり面白《おもしろ》いものはないんだよなあ」

今回の外出は先日の散歩とは逆方向に足を向けているが、元々閑静な住宅地に実家があるのでこれといっためぼしい店舗や施設は近所にない。

歩けば普通の家やコンビニ、遊具が少し置かれた公園くらいはあるが、真昼が喜びそうなものはない。

ただ、真昼は周が思うよりもこの光景に珍しさを感じているらしく、見下ろしたカラメル色の瞳がきらきらと輝いているように見えた。

「そうですか？　見知らぬ土地って散策するだけで楽しいですよ？　個人的には知らない土地

のスーパーなんて見ると自宅近辺のものと品揃《しなぞろ》えが違って楽しいです」

「なんというか渋いところ見るなあ。まあ県跨《また》いでたら品揃えも変わってくる所もあるから、その差異を見るのは楽しいだろうけど」

「ふふ。この地域はどんなものが安いのか、とか何が売れてるのか、とか見るの楽しいですよ。ご当地商品とか見ると買いたくなっちゃいます」

「そこ入って買ってく？」

そこまで言われると真昼にその光景を見せたくなるので、ちょうど近くにスーパーがあるので指をさしてみるのだが、真昼はゆるゆると首を振った。

「いいえ、散歩の序盤で荷物増やすのは望ましくないですから。それに、手が塞《ふさ》がると、その」

とても言いにくそうに、どんどん小さくなる声に、真昼が何を考えているかなんてお見通しで、繋《つな》いだ手をくすぐるように指で撫《な》でる。

「……片手はちゃんと空けておくけど？」

「い、いいです。今は、自由な方が私の好きにくっつけますので」

「そっか」

真昼がそう言うのなら、これ以上のやり取りは無用だろう。

ぴと、と傘が当たらないように気を付けながらくっついてくる真昼に可愛いなと思いながら、周は真昼が満足するように好きにさせておいた。

通行人から視線が来るものの、最早《もはや》真昼の隣を歩けば浴びるものなので慣れつつある。

たまたま近所に住んでいる志保子の知り合いとも目が会ったものの、微笑んでぺこりと会釈《えしゃく》すれば邪魔してはいけないと思ったのか話しかけてくる事はなかった。志保子に後で報告される事だけが憂鬱《ゆううつ》だが、これぱかりは致し方ない。

まあ志保子に情報が行く頃には周達は帰路に就いた後の可能性が高いので、実害はないだろう。

やや外行きの表情を浮かべて真昼の手を引くと、不思議そうに真昼が見上げてくる。

「どうかしましたか？」

「いーや、なんでも。それより、こっちに俺の通ってた小学校があるんだ」

真昼に言えば挨拶《あいさつ》しなくていいのかと言われそうだったので話を逸らすためにも、進行方向でめぼしい建物を見つけて真昼の視線をそちらに向けておく。

実際真昼は周の過ごした土地を見てみたいという事なので、幼少期を過ごした小学校というのはうってつけだろう。

真昼が興味を引かれた事を確認してから周も母校に視線を移すと、生徒達に開放されているらしいグラウンドで遊んでいる子供達の姿がフェンス越しに見えた。

もう四年は入っていない母校であるが、外から見る限りでは自分が覚えている光景と大して変わりない。違いと言えば、老朽化した遊具の一部に立入禁止の張り紙がしているところくらいだろう。

「まあ流石に部外者は入れないけどな。昔はああして友達と走り回ったもんだよ」

「周くんは小学生の時はやんちゃな子だったんですよね」

「やんちゃっていうか、まあ元気な子供だったと思うよ。今みたいにインドアではなかったな。中での遊びも好きだったけど、外で友達と遊んだり父さん母さんに連れられて色んな所に遊びに行ってた」

小学生時代の周は、本当によく食べよく笑いよく遊ぶ健康優良児の典型みたいな存在だった。近所の同い年の子供達と無邪気によく遊び、服を泥だらけにして帰って怒られる事もあった。今の自分からは想像出来ないような屈託ない子供だったのだ。

「今からだと想像出来ませんね」

真昼も同じ事を思ったのか楽しそうに笑って感想をこぼすので、周は少しだけ唇に力を入れながら握った手をやわやわと揉《も》んで仕返ししておく。

「いいだろ、そういう時代があっても。……今だと運動は別にして家でゆっくり過ごす方が好きだからなあ。遊びに誘ってくる友達も限られてるし」

「そんな事言ったら私は広く浅くな交友関係ですから、個人的に遊ぶ友人も少ないですけどね」

自嘲《じちょう》するでもなくあっさりと告げる真昼は、確かに交友関係は広いものの殻《から》の内側に入れる人はほとんど居ないタイプだ。

天使様として振る舞っていたからこそ、深い交友関係は持てず、ただ皆から慕われる理想的な女の子として誰《だれ》とも縁を緩く結び交流していた。

今は、その天使様の仮面は少し外れていて、クラスメイトの女子達にはどこか素直で恥ずかしがり屋なところをほんのりと見せるようになっている。

クラスメイトから今の真昼の方が好評なのは、誰にも優しいようで誰も内側に近づけさせない完璧《かんぺき》さが引っ込んでいるからだろう。

「でも最近は千歳と一緒に他の子とも遊んでるだろ。取っ付き易《やす》くなったからだろうけど」

「ま、まあそうだと嬉しいですけど……それはそれとして、周くんとの事を結構聞かれるのでちょっと困りますよ」

「……変な事言ってないよな？」

真昼は慣れてくるとたまにうっかりで口を滑らせる事があるので、変な情報を与えないように注意してほしいものである。千歳によく漏《も》れているので、周が恥ずかしい思いをする事があるのだ。

「赤裸々《せきらら》にお話しする程の交友は築けていませんし、流石にその、言うのは恥ずかしいというか……千歳さんならともかく」

「千歳には言ってるのか」

「ちょ、ちょっとだけです、全部は言ってないです」

「ほんとかー？」

「ほ、ほんとですっ」

慌てているので何だか怪しさを感じつつも、あまりしつこく聞くのとよろしくないだろうから「それならいいけど」と笑いながら返す。

「まあそのちょっとがどこまでなのかは気になる所だが、真昼が言っていいって思った範囲を信用してるよ」

「……そういう周くんは、赤澤《あかざわ》さんに言わないのですか？」

自分はどうなんだ、という眼差《まなざ》しを向けられても、周は疚しい事などない。

「基本的に言わないけど。のろけだなって呆《あき》れられるかからかわれるの分かってるし」

周は肝心なところは相談しない様に、したとしてもあえてぼかして言うタイプであり、あまり情報を与えないようにしている。

それは秘密主義だから、という訳ではなく、知られるのが気恥ずかしいからであるのだが。

「……私が責められている気がします」

「責めてないって。真昼の場合大抵何かしらの相談でポロッとこぼしてるだろうし」

「……そこまで見越されてるの複雑です」

「日頃《ひごろ》の行いですな」

千歳から「まひるんがー」と聞く事が多いので、真昼がうっかりを何度もしている事はよく身にしみて分かっている。それを責めるつもりはないが、あんまり言われるとこちらが恥ずかしくなるので出来れば重要な事は言わないでほしくはあった。

周の気を付けろよ、という視線に真昼が微妙に拗《す》ねたような不満げな顔をしているので、周は微《かす》かに苦笑してから真昼の手を引く。

「そんな顔するなよ。……ほら、行こうか」

いつまでも小学校の前で立ち止まっていては不審者と受け取られかねない。

真昼は素直に従ってくれるが、まだご不満なようだったので空いている手で軽く撫でてやると、真昼はくすぐったそうに目を細める。

そのままゆるりと頬を撫でるとやはりいつもより熱さを感じたので、外に出ているせいなんだろうな、と思わずしっかり触って体温を確かめてしまう。

「ちょっと熱いけど、体調は大丈夫か？」

「え？　ああ、熱中症の気配はないですよ。どうしても暑いから体温上がっちゃいますけど。そういう周くんの方が熱くなりがちでしょうに。私は日傘がありますけど周くん帽子だけですもん」

周くんの方こそ大丈夫なのですか、と前髪をめくるように額に触れてくるが、周の体温は元々高めなので触った感覚では分からないだろう。

少し汗ばんでいる肌に触れた真昼が「周くんもちょっと熱い気がしますけどね」と笑う。

「お互いに少し休憩した方がいいと思います。何せ炎天下ですからね」

「違いない。……手、離しとく？」

手は繋ぎ続けていたのでどうするかと握ったまま持ち上げると、真昼は手をほどこうとはせず、むしろ強く繋ぎ直そうと指の位置を微調整していた。

「そ、その、まだ、離したくないというか」

「汗かいてるけど」

「……いやですか？」

「いいや、真昼が不快じゃないならいいよ。じゃあ向こうにカフェがあるから、そこまでは手を繋いでおこうか。……流石に店内だと見られるからな」

店内でこうして触れ合っていたら他所《よそ》でやれという視線をもらう事請け合いなので、とりあえずは一旦《いったん》それまでにしておく。

だというのに、真昼はきゅっと握った手を離さないと言わんばかりにしっかり力を込めているので、何かあったのかと疑ってしまう。

「……どうかした？」

「いえ、その。……普段は私の方が体温低いので、こうして一緒くらいの体温で触れ合ってると、なんだかとけて混じり合ってるみたいで、いいなって」

「……真昼、それ絶対他所で言うなよ」

「え？　何で急に」

「いいから、ほんと危なっかしいから」

本人に全くその意図がないのは分かってるが、勝手に他の意図を見出してしまいそうな危うい発言だったので、不思議そうな真昼を黙らせるためにも少し強引に引っ張って歩き出す。

有無を言わさぬ態度だったのに何故《なぜ》か先程よりも嬉しそうにくっついてくる真昼に、別の意味での熱中症になってしまいそうだった。

「……あ、見てください周くん。花火大会ですって」

カフェで一度休憩を挟んでその辺りをうろついた後、帰り道の電柱に貼《は》られてあったチラシを見つけた真昼が少し明るい声を上げた。

最近貼られたと思わしき汚れや傷の少ないチラシには、近所の大きめな商店街で夏祭りと花火大会が同時開催するとの旨《むね》が記されている。

小学生の頃は毎年のように行っていたが、中学生に上がってから行った記憶はない。精神的にそんな余裕がなかった、というのと親と行くのが気恥ずかしくなった、という今思い返せば可愛らしい理由のせい。

「そういえばどこもかしこも夏祭りやら花火大会やらで盛り上がってるよな、テレビでやってた」

懐かしい、という気持ちがこみあげてしみじみとチラシを読むと、周達が自身の家に帰った後に開催という事に気付いてしまう。

「この辺りの夏祭りは私達が帰った後ですね、残念です」

「こればっかりはなあ。夏祭り、行きたかった？」

「行った事がないので、行ってみたさはありましたね。でも、間に合わないなら仕方ないです。それに、行かなくても私は周くんの側で過ごせたらそれでいいですし」

「そういう不意打ちやめてくださーい」

真昼が周の側を好んでいる事は知っているが、改めて当たり前のように口にされると、やはり羞恥が滲《にじ》んできてしまう。

「私の気持ちはいつでもお側に、ですので」

「……知ってるけどさあ」

「ふふ」

周がやや狼狽《うろた》えた事を嬉しそうに笑っている真昼にぐぬぬと口を閉ざしつつ、もう一度チラシを見る。

花火大会や夏祭りというのは、大体どこも似たような日程でやっている。県が違えば日程が被《かぶ》らないようにするなんて、尚更《なおさら》考慮されないだろう。

自分達の住まう土地でも夏祭りの一つや二つ、ある筈だ。

帰ったら夏祭りについて調べるとともに、志保子に荷物送り返してもらうついでに浴衣《ゆかた》も送ってもらおう、と誓う。

がっかりさせたくはないので、ちゃんと行けそうな日程のものがある事を確認してスケジュールを空けてから、真昼に切り出すつもりだ。

忘れないようにしておこう、と心に刻みつつゆったりとした足取りでまた家に向かって歩いていると「あっ」と幼さの強い声が聞こえた。

意識の外からの声だったので何事かと足を止めた瞬間、腹部に地味な衝撃が走り隣から「へっ？」と聞き慣れた真昼の上擦《うわず》った声が届く。

転ぶ程の衝撃ではなかったが急な衝撃に固まった周が恐る恐る下を見ると、周のお腹《なか》の辺りに子供が頭突きしていた。

「周お兄ちゃん！」

ぱっと顔を上げて見えたその顔には見覚えがあって、驚きと同時に苦笑が浮かんでしまう。

「おー花田《はなだ》の妹。久し振り、元気そうだな」

これが知らない相手だったらかなり困惑しただろうが、相手が見知った顔なので警戒心はほどけて消える。見知った、と言っても周の記憶よりもずっと成長した姿であったが。

ようやく二桁《けた》に届きそうな年齢程の少女は、周の言葉にあどけない笑みを浮かべている。

隣の真昼は、周が見知らぬ少女に抱き着かれている事に戸惑いを隠せていないようで、繋いだ手が強張《こわば》っている。

「あの、周くん、この方は」

「ああ、ごめん驚かせたな。この子は俺の幼馴染《おさななじ》み……という程でもないが、まあまあ付き合いの長い級友の妹。昔よく遊んでたんだ」

正しくはその級友に遊び相手を押し付けられていたのだが、別に年下の子供と無邪気に遊ぶのも嫌いではなかったので、定期的に遊んでいた。歳《とし》が七つも離れているからこそ、自分がちゃんと面倒を見なくては、となったのも大きい。

それも周が彼と疎遠になってからはほとんどなくなったので、こうして彼女とちゃんと話すのは久し振りだ。

「お兄ちゃんぜんぜんこっちきてくれなかったもん！　ひさしぶりになるよ！」

「ごめんって、お兄ちゃんにも事情があってだなあ。つーかよく久し振りなのに俺だとよく分かったなあ」

「お兄ちゃんのことなら分かるよ？　遠くから見てもお兄ちゃんだーってなるもん」

「そりゃよかった。こらこら待て、はしたないぞ」

最後に出会ったのは恐らく彼女が七歳前後の頃だが、その時から勢いと元気の良さは変わらず、無邪気に抱き着いてくるので隣に恋人が居る身としては困ってしまう。

流石に真昼もこれを浮気とカウントとする事はないと信じたいが、真昼が嫌な思いをするかもしれないという可能性があるので恐る恐る視線を送ると彼女は未《いま》だに呆気《あっけ》に取られている様子だった。

「ちなみにこれは誤解される行為でしょうか」

「さ、流石に周くんがそういった趣味をお持ちでない事は理解してますけど……とてもびっくりしました」

不可抗力なのでもし真昼が誤解したら説明と謝罪が要るよな、と心配してしまったのだが、流石の真昼も周が小学生の子供をそういう対象として見るのはありえないと分かっていたらしい。

ただ、やはり慕ってくれている事には戸惑いを隠せていないようだが。

花田妹は周がそっと引き剝《は》がした事に不満げだったものの、隣に居た真昼の存在に遅れて気付いて大きなな瞳を更に丸くしている。

「周お兄ちゃん、このお姉さんとしりあい？」

「ええと、私は……」

「俺の彼女」

一応理解出来る歳だろう、と端的に関係を説明すると、丸い瞳がこぼれんばかりに見開かれた。

「かのじょ……コイビトってこと？」

「そうそう、俺の大切な恋人なんだ」

一番分かりやすい説明で真昼を紹介すると真昼は堂々と恋人と言われた事に照れたのか頬を染めていたが、少し屈《かが》んで花田妹に「初めまして」とそれはそれはご機嫌な笑顔を向けている。

挨拶《あいさつ》を受けた花田妹はしばらく固まっていたものの、ようやく理解してきたのかふらりと体をよろめかせた。

「う、うそだ……お兄ちゃんにコイビトが……」

「何でそんなびっくりしてるんだ……」

「だって、うちのお兄ちゃんは女の人つれてきたことないもん……お兄ちゃんと周お兄ちゃんはどーるいってお兄ちゃん言ってたのに……」

「こればっかりは縁だからなあ」

知らない間に彼女出来ない同盟を組まれていたらしい。

よく考えれば実家の近くまで戻ってきていたのだ、近所に住む友人であった彼の家の側でもあり、花田妹と出会う事自体は何もおかしな話ではない。その友人本人に会う事も、あり得る話だ。

「お兄ちゃんは元気か?」

「げんきだよ、今お外に出てるからその内かえってくるとおもうよ?」

「そっかそっか」

その言葉に少しだけ安堵《あんど》してしまったのは、会いたくないといった後ろ向きなものではなく、会った時にどう接していいのかはかりかねるからである。

その内心での安堵を見抜かれたのか、幼い顔をやや不安げにした花田妹がじっと周を見上げた。

「……まだお兄ちゃんのこと、いや?」

花田本人からどう聞いていたのかは分からないが、周が花田の事を嫌いになってしまったと思っているのだろう。

「嫌いにはなってないよ」

ただ、友達から知り合いになってしまった、と言ったらよいだろうか。

嫌いになった訳でも、恨んでいる訳でもない。

ただただ心が凪《な》ぎ、澄ませていった結果、今でも友達と言い切るには繋がりが淡く脆《もろ》いものになっていた。

お互いに縁をほどいてしまった、というのが正しいのかもしれない。

あの時彼は自分の身の安全を優先した。孤立していく周に手を差し伸べるより、自分が排斥《はいせき》されない事を選んだ。

当然といえば当然だろう。学校という社会は小さなもので、その中で大きな流れに抗《あらが》うのは難しいものがある。

それに、あの時に手を差し伸べられていたところで、他人を信じなくなった自分は恐らく拒絶していた。不安で手酷《てひど》い言葉を放って、相手を傷つけて、繋がりを断ち切るくらいの事はしたかもしれない。

だから、繋がりが薄れ消滅したのは悪い事ではない。悪意を持って切ったのではなく、ただほどけて離れてしまった。それだけの事だ。

「じゃあ、お兄ちゃんとなかなおりするの？」

「どうだろうな、花田次第だし、しても多分、変わらないし元通りにはならないよ」

嘘《うそ》を言って後で悲しませるくらいならと今の本音を言うと、花田妹は困ったようにへにょりと眉《まゆ》を下げてしまう。

周は自分の言葉を撤回する気はなかった。

謝り合っても、疎遠になる前の関係には戻らない。切れた紐《ひも》を結んでも、全く元通りにはならない。しこりという名の結び目が出来るのは見えている。

それを見ないふりしたところで、やがてまたほどけるか千切《ちぎ》れるかの結末を迎えるだろう。

なにか言いたげだった花田妹だったが、周にその言葉を口にする前に視線が周の背後に向いた。

「かなめ、誰と話して……」

振り返ると、懐かしい顔が見えた。

「……久し振り」

彼とは別にいざこざがあって離れた訳ではないので調子を変えないまま視線を向けると、どこか困ったような声がかけられた。

気まずい、というのが分かりやすく伝わってくるので、思わず笑ってしまう。

「久し振りだな、ちゃんと話したのは二年か三年ぶりか。元気そうでよかったよ」

「それはこっちの台詞《せりふ》というか……思ったよりも、元気そうだな」

「まあ元気だしむしろ身体面では昔より余程元気になってるぞ？」

「うわ、デカくなったやつの自慢だ。まあ昔は死にそうなくらいにひょろかったからなあ」

「あの時は仕方ないと思うんだが」

「……そうだな」

昔を思い出すとどうしても暗くなってしまう花田に肩を竦《すく》めて、ちらりと真昼を見る。

恐らく、これから花田の妹には聞かせるべきではない話をするのだが、真昼に誘導してもらうのも難しいだろう。

「かなめ、このお姉ちゃんにうちの庭案内してあげて。母さんの庭を自慢してやってくれ、誰も見てくれないって嘆いてただろ」

「お兄ちゃんは、周お兄ちゃんとおはなしがあるの？」

「そう、男同士の話があるからな」

二人で話したいという意図を理解したのか、花田妹は少しだけ眉を下げたあと「はーい」と返事をして真昼の手を取った。

「お姉ちゃん、あっちあっち」

「あ、周くん……その、また後で」

「うん、また後でな」

真昼も気を使ってくれたのか素直に花田妹に連れて行かれる。

二人になった後、花田は苦笑いを浮かべた。

「あの子は彼女さん？」

「まあそうだな。一緒にこっちに来たから」

「まさか周に彼女が出来るとはなあ、何があるか分からないものだ」

「ひどい認識があったもんだ」

「そりゃまあ、最後に見たお前の顔つきだと、どうしてもな」

恐らく話はしなかったが顔を合わせたのは中学の卒業式が最後だろう。あの頃《ころ》には大分《だいぶ》ましになっていたが、それでも生気のない表情をしていた事は想像に難《かた》くない。

「その様子だと、向こうでは上手《うま》くやれてるんだな」

「ああ、お陰様でな」

「もしかして嫌味？」

「何でそうなるんだよ」

「……俺達は、上手《うま》くいかなかったから」

その一言はどこか苦々しいものを含んでいたが、周はそれを受け取って飲み込んでも吐き出そうと苦いものがこみ上げてくる事はなかった。

「そうだな。でもそれを責めるつもりはないし、帰ってきて顔を見せたのもたまただよ。わざわざ会いに来た訳じゃないし、気にされても困る」

本当に、彼を恨んでも怒ってもないし責めるつもりもない。どこまでもフラットな気持ちで彼に接している。

かつて傷ついた自分より彼の方が気にしているという事実に困惑を浮かべるしかない。周としては気に病まれる方が困るので、そこまで気にしないでほしかった。

「……そこまでさっぱりされると、こっちがおかしい気がしてきた」

「おうおうお前がおかしいのでそこまで気に病むもんじゃない。多分、俺の顔を見るまで忘れてただろ？　そのくらい軽い事なんだよ」

「お前、それ自虐《じぎゃく》？」

「いいや、あれは客観的に見てよくある事で、本人以外は大した事じゃないのは事実だからな。事実を言っただけだよ、当てつけのつもりはなかった。ごめん」

「いや謝られても困るというか謝るのは俺の方だろうし」

「謝られても困るんだよな、謝られるような事を花田に何かされた覚えはないんだよ」

「何もしなかったんだよ、俺は」

「そうだな、何もしなかったからこそ、俺はお前を拒まずに済んだんだと思う。……昔の事なんだから、気にする必要はないんだ」

恐らく中途半端《ちゅうとはんぱ》に手を差し伸べられたところで周は拒んでそこから友情に亀裂が走っただろう。そっと距離ができたからこそ、自然と繋がりが消滅したのだ。

気負う事なく、傷つく事もなく、ただ事実を軽く口にすると、花田は気が抜けたようにへらりと笑った。

「……そっか、藤宮にとってもう、過ぎた事になったのか」

「ああ。東城《とうじょう》にもたまたま会ったけど、やっぱり俺の中では過ぎた事になってた。これで、良かったんだと思う」

「色んな意味でたくましくなってるなあ、お前も。……変わってなかっただろ、東城は。俺は高校一緒だから、相変わらずなの知ってるし」

「驚くぐらいに変わってなくて逆に驚いたよ。それがいい事なのか悪い事なのかは人によるだろうけど」

変わる事をよしとするかは、その人による。変わらないで居る事も一つの正しさだ。

周が変わったのは変わりたいから変わったのであって、変わる必要がないなら変わらなくてもいい。東城は、変わる必要のない人だったのだろう。

あっさりとした様子で過去のトラウマに近しい人の事を話す周に、花田は肩を竦める。

「……ほんと、何とも思ってなさそう」

「心の整理つけたからな。向こうからしてみれば気に食わなかったらしいけど」

「あいつなら腹立つだろうなあ。あんま刺激してやるなよ」

「なんで刺激した前提なんだよ、むしろされた方なんだが？」

「その様子だと多分向こうが逆ギレしそうだし」

「あー、まあ気に食わなそうだったけど、でもこれっきりだから」

「会うのが？」

「そりゃわざわざ会いに行くつもりなんて微塵《みじん》もないし、会ったところで楽しい訳じゃないからなあ。そもそも、こっちに帰ってくる機会自体ほとんどないからな」

何が楽しくて袂《たもと》を分かった人に会いに行かなければならないのか。

恨んでもないし怒ってもない、ただかつて親しくそして縁が切れた相手というだけで、もう関わるつもりなどなかった。

「そういやお前年末年始帰ってなかったらしいもんな。母さんが言ってた」

「まあ俺にも向こうの生活があるし、俺は向こうで充実してるから。親に顔を見せる以外、こっちに帰ってくる理由がないんだよな」

「そっか」

「だから、花田と話すのも、もしかしたらこれで最後かもなあ」

東城に会わないのと同じように、花田にもわざわざ会う機会を設けるつもりもなかった。

東城とは単純に完全に決別して過去の人になったからだが、花田の場合は少し違う。

もう、仲の良い友人とは呼べない間柄で、今の今まで存在を忘れていたからだ。

「正直、俺は進学就職は向こうでするだろうし、こっちに帰ってくるのは精々《せいぜい》帰省程度だ。たとえ今関わったとしても、多分、また自然に消えるよ。……俺は器用じゃないし、たくさんの繋がりを持てないから、いつ消えるか分からない関わりを維持するより、大切な人との繋がりを大切にしたい。ごめん」

嫌っている訳ではないが、進んで関わるには距離があるし、彼に抱ける友情の熱量は恐らく昔のように大きなものにはなりえない。

周にとって、交流を続けようと思う感情が湧かないのだ。冷たいのかもしれないが、周は大切に出来る量に限りがあって、これ以上大切な人を増やせるほどの余裕がない。

切り捨てられたにもかかわらず、花田はただ苦笑いを浮かべていた。

「俺から離れたんだからお前が謝る事じゃないんだけどな。俺も今更仲直りなんて都合良い展開を用意されても、裏があるんじゃないかって疑うし」

足元の石ころを蹴《け》りながら顔ごと視線を落とす花田は、しばらく唇を閉ざした後ゆっくりと顔を上げる。

「つまり、和解はするけどそれ以上はもう関わらない、住む場所も交友関係も違うから。ただかつての同級生という立場に戻る。こういう事だろ？」

「そうだな」

薄情かもしれない、と自分で自分に思っていたが、花田からは傷ついた様子は見られなかった。

「むしろ安心したよ。俺も罪悪感あったし、全部忘れて昔みたいに仲良くーなんて多分無理だったから」

「俺も気遣わせるの嫌だし、これでいいと思うんだ。他の奴《やつ》らは俺の事とか大して記憶にないだろうし、地元の知り合いとまた仲良くってのも変な感じするから」

「ごもっともなんだけど、わざわざ言わなくても自然消滅すればいいものを真正面から言うんだから、律儀だよな周は」

「お前には言っておかないといけないよなって、会って思ったんだ」

東城と親しくなる前では一番仲が良かった、ある意味幼馴染みに近い存在。東城と親しくなってからはすこし離れ、そして東城との出来事があってからは疎遠になった人。

同じ学区だけあってそれなりに交流のある友人だった人。

東城とは形こそ違うが、改めてさようならを告げるべきだと思ったのだ。

真っ直ぐに見つめた周に花田は少し視線を泳がせた後、笑いながらため息をついた。

「……本当に変わったなあ、お前。見かけも中身も」

「だろう？　少しはいい男になったのかね」

「分かんねー、ただ昔より余程今が充実してるように見えるよ」

「そうだな、満たされてると思う」

何も知らなかった頃とは違う充実感があり、人に囲まれていた昔より余程今の方が楽しくて幸せに感じる。それだけ、周の中で真昼という存在が大きな部位を占めているのだ。

「羨《うらや》ましい限りだ。俺は未《いま》だに彼女とか出来ないし、高校でもじみーな立場だからな」

「変わろうとすれば変われると思うよ」

「周が言うと重いんだよなあ、言葉が」

地元を離れて変わった姿を見せたからこそ、花田はそう感じたに違いない。

ひとしきり笑った花田は、深く息を吐いて静かにこちらを見た。

「また帰ってきたら、かなめに顔見せるくらいしてやってくれよ」

「俺に顔見せろとは言わないんだな」

「さっき自分でお別れだって話しただろ。そもそも男の顔見て何が嬉しいんだよ」

「はは、違いない」

「かなめは彼女さん見てがっかりしてなかったか？」

「何でがっかりする要素があるんだよ」

「割と本気で周の事慕ってたからなあ。結婚する！って騒いでたし」

「俺は七歳も年下の女の子に興味はないぞ」

「うん知ってる。ただまあ妹の夢を壊さないでいたお兄ちゃんの苦労も知ってほしかったし」

「俺が義弟になって気まずいのお前だろ」

「ほんとな」

軽口を叩《たた》きながら、そろそろ頃合《ころあ》いだろうと花田の家の方を見やる。

真昼は花田妹に笑顔を向けられて困った顔をしていたが、楽しそうに話をしている。ふと顔を上げた真昼がこちらに気付くと「もういいのですか」といった眼差しを送られたので、周は静かに頷《うなず》いた。

「じゃあ、俺彼女待たせてるから」

「ん、じゃあな。……藤宮」

「おう」

またな、とお互いに言わなかったのは、言ったところで積極的に再会しようとは思っていないからだろう。

彼はこの地元で、周は今住む地で、それぞれ居場所を作っている。そこだけで十分だと思っている。

かつての友人の手を取ろうとは、考えていなかった。お互いに必要のない事が分かっているのだ。

それを冷たいとは思わない。必要な別れであり関係の整理だ。

名前で呼んでくれていた彼が周を名字で呼んだのは、その区切りなのだろう。

それを追及するほど無粋《ぶすい》でもないので、ただ気付かない振りをして笑い、そっと離れる。

周に背を向けて家の敷地に向かう花田と入れ替わるように真昼が小走りでやってくる。

「……お疲れ様です」

「疲れてはないよ。真昼に心配かけたか」

「心配というか、何か傷ついたらやだなって」

「その場合は話そうとすらしなかったよ、俺は。……大丈夫、話せてよかったから」

「それなら、よかったです」

本来会う予定ではなかったが、こうして会ってよかったのだろう。地元に残してきたしこりをまた解消出来たのだ。

周が特に苦痛を感じている訳ではないと見た真昼のほっとしたような力の抜けた笑みに周も淡く笑みを返した後、そっと彼女の手を取る。

いつだって繋ぎたがっていたので今もそうなのかと試しの行動だったが、どうやら当たりだったようだ。

お互いに照れくさそうに笑い合って、少しずつ日の傾《かたむ》き始めた道を歩き出す。

「そういえば、真昼、滅茶苦茶《めちゃくちゃ》懐かれてたじゃん」

ふと先程の光景を思い出して口にすれば、隣の真昼はどういったものかと視線が少し泳いでいる。

「え、ええと、懐かれて……というか、周くんのお話をせがまれて」

「……変な事言ってないよな？」

「言ってませんよ。ただ、元気に友達を作って過ごしていますよ、とお話をしていました。……周くん、昔はいいお兄ちゃんだったんですね」

「今とキャラ違うって言いたいのか？」

「いえ、面倒見がよいのは昔からなんだなって」

「……別にいい訳じゃないけど」

「ふふ、どうでしょうね」

周は真昼が思うほど善人でもなければお人好《ひとよ》しでもない。

それだというのに真昼は「何だかんだ周くんは甘いですからねえ」なんて訳知り顔で言うので、不服を申し立てるために握った手をもにもにと揉《も》むと真昼はくすぐったそうに瞳を細める。

ただ訂正はしないようなので、周は仏頂面《ぶっちょうづら》のまま真昼の手と戯《たわむ》れて不満を手で伝えていく。

真昼は堪《こた》えた様子がないので、伝わっていない気がした。

このまま触り続けても意見は変わらないと分かっていたのでまったく、とため息をついて握った手の繋ぎ方を変え、指を絡《から》めるように握り直すと、真昼ははにかみながらそっと体を寄せてくる。

日傘をしまっているからこその距離だ。近づいた真昼がやけに眩しく感じるのはこの暮れゆく日を浴びているからかもしれない。

「……この数日で周くんは昔の出来事とたくさん向き合ってきましたね」

ゆっくりと、静かに景色を眺めながら歩くと、小さくしみじみとした呟きが耳に届いた。

「そうだな。今の俺の形作った要因、それから距離が出来た幼馴染みに近い存在。みんな俺がここに置いてきてしまったもので、改めて関係を見つめ直すべきものだったと思うよ」

「帰ってきた事は後悔してないのでしょう?」

「そりゃな。俺が本当の意味で一歩進むのに必要な事だったと思う」

東城と新たに、正しい形で決別したのも、かつて親しかった人と正しく縁をほどいたのも、向こうで暮らす周が憂いなく過ごすために必要な事だったと、今なら分かる。

「ならよかった」

「憂いがなくなってすっきりというか、改めて前に進めるなって、今回の帰省で思ったよ」

「……周くんは、前を見ていますね」

「いつまでも引きずるのはよくないし、もう、俺にとっての重石《おもし》にはなりえないって分かった

から。帰ってきてよかったよ」

本当に強くなったんだな、と自分で自分の心持ちを評価して何だか気恥ずかしさを感じつつも押し隠して真昼を見ると、真昼は静かに周を見ていた。

いや、周を見ているようで、見ていない。周を通して別の事を考えているような眼差しを、していた。

「周くんが全《すべ》て乗り越えたならよかったです」

そう囁《ささや》く真昼は、本気でそう思っているだろうし嘘偽りない気持ちを述べてくれた事は分かるが、少しだけ苦いようなものが混ざっている事にも気付いてしまった。

「……本当は私も、周くんみたいに、ちゃんと向き合わないといけないのですけどね」

周の戸惑いを知ってか知らずか、誰に聞かせるでもないような、小さな声が耳に届く。

微《かす》かに揺れた声で落とされた苦悩混じりの言葉に、周は気軽な事は言えずただ震え始めた手を改めて握った。


「本当にもう帰っちゃうのね」

帰省する際最初の待ち合わせに使った改札口前の柱の側で、志保子がしょんぼりとした様子も隠さず呟いた。

その隣には修斗《しゅうと》が居て、明らかに寂しそうな志保子を「まあまあ」と宥《なだ》めている。

当初予定していた滞在期間を過ぎたし流石に家をずっと空けっぱなしにする訳にもいかないので、流石にもう向こう……今の家に帰る事は決まっていた。

名残惜しそうな志保子の視線の先は当然のように真昼が居る。可愛い娘（予定）と離れるのが惜しいらしい。

「すみません、家でする事がありますし、予定も入っていますので……」

「母さんの言う事は気にしなくていいぞ。聞いてたら日が暮れる」

「母親に冷たい息子ね……」

「それは母さんに返すよ。実の息子より可愛い娘を優先しやがって」

「あらやだ当たり前じゃない、いつでも帰ってこれる息子よりいつ来れるか分からない可愛くていい子な娘を引き留めるに決まってるでしょ」

あまりに堂々とした反論に周は最早突っ込む気も失《う》せていた。

言いたい事は分からなくもないのだが、それはそれでどうなんだと精神的に疲労しそうだった。

ちらりと修斗を窺《うかが》えば、仕方ないなあといった生暖かい笑みを浮かべているので、修斗の制止も期待出来そうにない。

真昼は困ったように笑っていたが、やはり嬉しさの方が強いのかはにかみとも取れる笑みを浮かべている。

「その、またよければですけどお邪魔させていただいても……」

「どんと来いよ！　またはばっち来いね！」

「最後まで言わせてやれよ……でもよかったな真昼」

「はい」

今度は純粋に喜びの笑みを浮かべている真昼を撫でると志保子がにやにやとこちらを見てきたが、知らない振りをしておく。

「そっか、椎名《しいな》さんもうちを気に入ってくれたならよかったよ。正直遠慮ばかりされたらどうしようかって思ってたし」

「あまりに母さんの押しが強すぎて遠慮する暇なかったと思うしお陰で馴染《なじ》めたんだとは思うぞ」

「はは、そうだねえ。志保子さんはよくも悪くも強引だからね」

「……二人してさらっと私を貶《けな》してないかしら」

「それが志保子さんのいいところで魅力的なところだと思ってるよ」

「あら」

拗ねた様子が一変して嬉しそうに笑った志保子に周も苦笑して、それから構内の壁に設置された時計を見上げる。

「んじゃそろそろ行くか」

「そうですね、そろそろ時間ですし……」

早めに席に着いておきたいので、名残惜しさはあるが別れなければならない。

両親もそれを分かっているらしく、残念そうな眼差しの志保子が「真昼ちゃん、またいらっしゃいね」と真昼の手を握ってぶんぶんと振っている。

修斗はというとそんな志保子を優しい眼差しで眺めてから、真昼を改めて見る。

「椎名さん、今回は来てくれてありがとう。うちも賑《にぎ》やかになって楽しかったよ」

「こ、こちらこそありがとうございます」

「ふふ。もし周と喧嘩《けんか》したら『実家に帰ります！』って言ってこっちに逃げておいで」

「俺が真昼をそこまで傷つけるとでも思うのかよ」

失礼な、と修斗に視線を送れば、からりとした笑みが返ってくる。

「誤解やすれ違いもなきにしもあらずだからね。……それに、一人になりたい時や大人を頼りたい時もあるだろうし、何かあったらいつでもここにおいで。私達はいつでも歓迎するよ」

「……はいっ」

いつでも来ていい、という言葉にカラメル色の瞳が一瞬滲《にじ》んだが、次の瞬間には嬉しそうな色で満たされる。

心の底から幸せそうな笑みを浮かべる真昼に、周も少しだけ目頭が熱くなった。

（……少しは、真昼に家族の幸せを教えてあげられたのだろうか）

家族と過ごす事がほとんどなかったという彼女に、これからも色々な幸せを見せて体感させてあげられたらな、と思うばかりだ。

へにゃりと眉を下げて微笑んだ真昼に、周も穏やかに笑って彼女の手を優しく握り締めた。

第６話　天使様と怪しい後ろ姿

自宅に帰って次の日、真っ先にした事は掃除だった。

流石《さすが》に帰宅当日は疲れていたのでしなかったが、二週間弱も家を空けていれば部屋も埃《ほこり》が溜《た》まっている。僅《わず》かなものではあるが、真昼《まひる》も一緒に家で過ごすためなるべく清潔にしておきたいところだ。

そんな訳で真昼仕込みの掃除術を駆使して、周《あまね》は掃除をしていた。ちなみに真昼は真昼で自宅の掃除をしているらしいので、周一人である。

掃除は得意ではないものの、真昼のお陰で維持する事には問題がない。

真昼いわく『ちゃんとこまめに掃除していれば大きな労力は要りません。後回しにするから不必要に労力と時間が奪われるのです』との事。

彼女の教えの通り定期的に軽い清掃をするだけで綺麗《きれい》な状態を保てていた。

今回も、埃が多少家具に降っているだけなので、時間はかからなかった。

家具をほんのりと化粧する埃をさっと拭いて掃除機をかけ、ついでに窓も拭き終えたところで、周は時計を見上げる。

既に時刻は十五時過ぎ。

いつも通っているスーパーのセールは十六時から始まる事が多いので、そろそろ向かった方がいいだろう。

(我ながら思うけど、所帯染《しょたいじ》みてきたなあ)

スーパーへ行くのは帰省前に冷蔵庫を空にしたせいで、本日の夕食の材料がないのだ。朝昼はカップラーメンや冷食で済ませたが、夕飯はそうはいかない。

買い物担当は周であるが、材料費は折半だ。

二人共同で出しているのでなるべく安く済ませようという考えはおかしくないのだが……高校生男子が食費を気にするのは些《いささ》か所帯染みているだろう。

自分でも自分の変化にふっと笑って、とりあえず軽く汚れた服を着替えるべく自室に着替えを取りに行った。


「……ん?」

スーパーに行く最中、考え事をしながら歩いていると、見覚えのある色素の薄い色の髪をした人間が周の横を通り過ぎた。

つい振り返ってしまうが、当然後ろ姿しか見えない。

真昼のような髪の長さでもなければそもそも性別からして違うのだが、染めたような色ではなく天然のあの色の薄さは、珍しい。

　珍しい事もあるもんだな、と思いつつ到着したスーパーに入って本日の夕食の材料をかごに放り込んでいると「あれ」と聞き覚えのある声が背後から聞こえた。

「こんな所で会うなんて珍しい」

「九重《ここのえ》か」

　優太《ゆうた》を通じて騎馬戦で親しくなった青年が、周と同じようにかごを腕に提《さ》げている。

　ちなみにかごの中に入っているのはお菓子やジュースなので、彼の方が余程男子高校生らしい買い物をしていた。

「藤宮《ふじみや》って家こっちなの？」

「おう。九重はこっちらへんじゃないと思ってたんだが……」

「僕はただ友達の家に泊まりだから買い出しにきただけ。藤宮は……ご飯？」

「ん。夕食の買い出しだよ」

　見れば分かる通り、周の手にしたかごの中には生の鶏肉や大根、牛乳や豆腐といったおやつとはどう間違っても認識出来ないようなものが入っている。

「そういえば藤宮は一人暮らしなんだっけ。えらいね」

「まあ真昼がご飯作るから偉いも何もないんだけどな……」

「……そういえば言ってたっけ……すごい生活してるよね」

「だな。真昼には感謝してるよ」

彼女が居なければ周の食生活はズタボロだった。真昼のお陰で家事は大体こなせるようになってはいるものの、真昼が居ないとあまり自分の事に頓着《とんちゃく》しなくなりそうなのだ。仮に居なくなってしまえば、周の今の生活は成り立たなくなる。

小さく苦笑しながら「真昼様様だ」と呟《つぶや》けば、誠《まこと》はそっとため息をつく。

「なんというか、ほんと……あれだね、首ったけ?」

「そうだな。真昼もだけど」

「自信満々に言えるんだね」

「愛されてるって自覚は持ってるよ」

付き合う前は好意に自信が持てなかったが、今は違う。

真昼に大切にされて好かれているのは自覚しているし、彼女が周の側《そば》に居る事を望んでいる事も分かっている。

自意識過剰とかではなく純粋に事実だと認識していた。そう出来るようになったというのが、自信のついた証拠かもしれない。それだけ真昼が大きな愛を惜しみなく向けてくれた、というのもあるが。

あっさりと、淀《よど》みなく答えた周に、誠は先程まで苦笑していた周に代わって苦笑する。

「まあ、自信がついたならいい事だと思うよ。相思相愛なのにうじうじしてたあの時よりいいんじゃないの」

「厳しいなあ」

「だってどう考えても好かれてるって見えてたのに。ま、僕には関係ないけど、君らが幸せならそれでいいんじゃないの」

肩を竦《すく》めた誠に彼なりの賛辞を感じて、頬《ほお》を緩《ゆる》める。

「……ま、優太も納得してたし、僕はこれで丸く収まったと思ってるからね」

「え？」

「ううん、なんでもない。じゃ、僕はレジに行くから」

何故《なぜ》そこで門脇《かどわき》、と思ったものの、追及をする前に誠はさっさとこちらに背を向けて去っていったので、周は困惑しつつもスマホにメモした夕食の材料をかごに放り込むべく彼に背を向けたのだった。


マンションまで戻ると、行きがけにすれ違った男性がマンションを見上げているのが見えた。

まさか周が住まうマンションが目的だとは思わなかったし、時間が経《た》っているのに外に居るとは思わず、つい立ち止まって男性を見てしまう。

やはり、見慣れた髪色だった。

後ろ姿しか見ていないので分からないが、大柄という訳ではない。むしろかなりの細身であり、背丈は周よりやや低いくらいだろう。

彼は頭を上向かせてマンションを見上げている。

表情はこちらからでは窺《うかが》えないものの、ひたすらにマンションを見上げているのだけは分かった。

彼が気になるとはいえ、他人に声をかける訳にもいかず、通り過ぎるしかない。通り過ぎて急に振り返っても怪しまれるだろうし、男の顔を確認する事はならないだろう。

ただ、やはり少し気になったので、周は手に提げたスーパーの袋を確認して、歩みを再開する。

彼の隣を通る際、申し訳ないと思いながらも手に持っていたスーパーの戦利品を彼にかすらせてわざと取り落とす。

ちなみに中身は別に分けておいた周のお菓子だったり非常食だったりするので、落としても真昼に迷惑はかからないので安心である。

ぶつかって落とした事で、注意がこちらに向く。

周は落としたスーパーの袋を拾って土を払いつつ、彼を見た。

ある意味で予想はしていたが、やはりといった感情が滲《にじ》む。

非常に整った、人目を引きそうな端整な面立《おもだ》ちの男性は、こちらの様子に申し訳なさそうに眉《まゆ》を下げた。澄んだ茶系統の瞳《ひとみ》からも、罪悪感が伝わってくる。

狙《ねら》ってぶつかったのはこちらなので、むしろこちらに罪悪感があるのだが。

「すみません、こちらの不注意で」

「いや、こちらこそこんな所で立ち止まっていてすまないね。邪魔になっただろう」

落ち着きと穏やかさを兼ね備えたような柔らかな低音で謝罪され、周は改めて「いえ、こちらが悪いので」と頭を下げておく。

確認したい事は確認出来た。確証はないが、恐らく周の予想通りの人だ。

そのまま周は彼の横を何事もなかったかのように通りすぎていく。

彼にとって、こちらに心当たりはないだろうし、疑われる事はほぼない。

たった数十秒の出来事だったというのに妙に緊張してしまったのは、自分の愛《いと》しい女性にかかわる事だからだろう。

ふぅ、と息を吐いてマンションの入り口までやってきたところで――丁度、その愛しい女性が姿を現した。

「お帰りなさい周くん」

まさかエントランスまで降りてくるなんて、というか迎えにくるなんて全く予想しておらず狼狽《ろうばい》してしまう周に、真昼がきょとんと不思議そうな瞳を向けてくる。

「なんですかその顔」

「い、いや……わざわざここまで出てきてどうしたんだ、と」

「いえ、さっきメッセージでもうすぐ帰るって送ってきたでしょう？　頼んだ荷物多かったですし、私も手伝おうと思って」

「そ、そうか」

純粋に周の荷物を分けて運んでくれようとしたらしい。

先程の男性の正体を確認する時点で心臓に負担がかかっていたというのに、真昼が出てきてしまって余計に鼓動が早くなっていた。

これで真昼が彼の存在に気付いてしまったら、と思わず後ろを振り返ると、先程まで十メートル程前に居た筈《はず》の彼は、姿を消していた。

（……真昼に会いに来た訳でも、会った帰りでもない？）

真昼の様子から後者はまずあり得ないが、真昼に会いに来た場合真昼の姿を見て近寄ってくる筈だ。立ち去る道理がない。

では、彼は何のためにここまでやってきたのか。

わざわざ真昼の住むマンションの前までやってきて、真昼の住む階の辺りを視線で追ったのか。

「どうかしましたか？」

「いや、なんでもないよ」

幸か不幸か気付いた様子のない真昼に小さく安堵《あんど》しつつ、荷物を持ちたそうにしている真昼に先程のおやつの入った袋を手渡して、周は真昼と共にエレベーターに乗るのだった。

真昼がエントランスまで出迎えにくるというイベントがあった日の夜、周は隣に座る真昼を横目に見ながら、今日出会った男性の話をするべきか悩んでいた。

恐らく、ではあるが、彼は真昼の父親だろう。

真昼の母は強烈な我の強い雰囲気や鋭い顔付きであまり真昼に似ていなかったので親子関係を疑うが、今日の男性は一目見ただけでも真昼の父親だと分かるくらいには似ていた。

人目を惹《ひ》く端正で柔和《にゅうわ》な顔立ちや髪の色、瞳の色といい、真昼が男になって年を重ねたらああなるんだろうな、といった風貌《ふうぼう》をしていたのだ。流石にあの一致を他人だと流す事は出来ない。

ただ、これを真昼に言うかが悩ましい。

真昼が両親の事をよく思っていないのは知っているしそういう話題を避けがちなのも知っている。出来れば何もなかった事にしておきたい。

だからといって、もしまた今後彼がやって来て真昼が出会ってしまえば、ショックを受けるだろう。

そうなる前に、真昼には予《あらかじ》め心の準備をさせておいた方がいいのではないか、とも思う。

「……どうかしましたか？　さっきからこっち見てますけど」

どちらにせよ真昼の心に衝撃を与えるのでどうしようかと悩んでいると、視線を感じたらしい真昼が実に不思議そうにこちらを見てくる。

「あー、いや、なんというか」

「何ですか、隠し事です?」

「……なんて言ったらいいのかなあ」

「言いたいなら言ってください。言いたくないなら聞きませんけど、言いたいなら何でも聞きますよ」

周の意思に任せる、というスタンスの真昼に、どうしたものかと十秒ほどたっぷり悩んで
——ゆっくりと口を開く。

「……あのさ、さっき……っつーか、買い出しの時さ、ある男の人と会ったんだ」

「は、はあ、そうなんですか?」

何の話が分かっていなさそうな真昼がとりあえず頷《うなず》いてみせるので、周は真昼の瞳をじっと見つめる。

今日会った男性とそっくり同じ色の、瞳を。

「その人は、俺《おれ》達のマンションの前で、じっとマンションを見ていた。……真昼とそっくりの目で」

「……え?」

不思議そうな表情だった真昼が、固まった。

「その人、真昼と同じ瞳の色に髪の色してたんだ。顔立ちも、真昼に似ていた」

暗に父親ではないのか、と恐る恐る問いかけてみると、真昼はショックを受けた……といった様子はなく、むしろ困惑しているようだった。

「は、はあ……私の父のような人が居た、という事ですか」

「多分、だけど」

多分、と言ったが、周の中であの男性はほぼ真昼の父親だと確信している。顔立ちや雰囲気がかなり真昼に似ているのだ。これで血の繋《つな》がりがないなんてあり得ない。

真昼は周の言葉にぱちりと瞬きを繰り返したあと、瞳を細めた。

おそらく、呆《あき》れの意味合いで。

「……人違いなんじゃないですか？」

「えっ」

あまりにもあっさりとした回答に、周の方が困惑する番だった。

「だって私の父親は、私になんて興味を示していませんよ。私が物心ついた頃からロクに顔を見せませんでしたし。仕事ばかりにかまけていてこっちの事なんてほとんど頭から抜けてると思いますよ。今も連絡を取る事もほとんどないですし、あったとしても年に数回の業務連絡程度です」

淡々とした声で告げる真昼の瞳は、呆れから徐々に冷えたものになっている。

「私に会いにくる理由がありませんし、会いにくるなら連絡でも寄越す筈です。そんな事今まで一度もありませんでしたけど」

きっぱりと言い切った真昼の顔を見て、周は真昼の手を握る。

「それに、今更何を言いにくるというのです？　十数年娘を放って仕事に明け暮れている父親が、何の目的があって、わざわざ接触してくるというのでしょうか。会いに来る意味が分からないですし、私に理解出来る意味なんてないと思いますけど」

「真昼」

「仮に、今更見向きされたって……私は、あの人達を親だと認識出来ません。あの人達はただ血の繋がりがある人であって、育ててくれた親ではないです。私の育ての親は、小雪《こゆき》さんだけです」

トゲが無数に生えた声で抑揚なく呟く真昼が見ていられなくて、周は感情を消したような表情をした真昼を抱き締めた。

声に生えたトゲは、誰《だれ》よりも真昼自身を傷つけていた。

強がりといった風なものではないが、自分で自分の首を絞めていくような、そんな印象がある。

その証拠に、表情から感情が消えていても、どこか苦しそうにも見えてしまう。無表情の筈なのに、傷を負ったようなものを感じてしまった。

周に包まれた真昼は、ゆっくりと顔を上げて周を見る。

「……何ですか」

「……人肌恋しかったから」

「誰が」

「俺が、かな」

「……そうですか」

小さく呟いた真昼は、周に体を預けてそっと吐息をこぼす。

「別に、私気にしてませんよ。私に関係ない人ですし」

「そっか」

「私には、新しい実家がありますもん」

「うん、そうだな」

「……だから、平気です」

「ん」

周の実家を自分の実家のように思ってくれている事が嬉《うれ》しくて、そして真昼自身の実家に対する思いを感じ取って、周はそっと彼女の頭を撫《な》でた。

「……それでさ、もし、あの人を見かけたら、俺はどうしたらいい？」

真昼が周の胸にもたれているので掌《てのひら》で優しく頭を撫でつつ問いかけると、ゆっくりと顔を上げた真昼が静かな瞳でこちらを見つめる。

その表情にショックや苦しみなどは含まれていないので安心しながら見つめ返すと、真昼は見つめられた事に少し困ったようで眉を下げた。

「……別に、私は周くんが好きにしたらいいと思います」

「真昼がどうこうしてほしいとかはないのか」

てっきり関《かか》わらないでほしいものかと思ったのだが、真昼はゆるりと首を振った。

「別に……私と一緒に居る時に会ったとか私一人の際に話しかけられたならともかく、周くんが一人でその男性と出会ったというなら私はその対応にはとやかく言いません。流石に会った事くらいは報告はしてほしいですけど」

「……そっか。真昼は関与しない、って事だな？」

「はい。……私に言いたい事があるなら、アポを取って直接言いにくるなりメールで連絡するなりすればいいのに、隠れて様子を見ているなんて変でしょう。自分から接触しないなら、私からアクションを起こす事はありません。私の生活を壊すような行動に移らない限り、放置します」

真昼は父親らしき人物の存在が気になってはいるようだが、わざわざ自分から接触しにいくという事はしたくないようだ。

周が真昼の立場でもそうしただろうが、父親という事がほぼ確定しているのに無視を決め込むあたり、真昼と親の確執が深い事が改めてよく分かった。

もぞりと周の胸に顔を埋《うず》め直して甘えてくる真昼に、周は「そっか」とだけ返して、真昼の膝《ひざ》裏と背中に手を回して、自分の腿《もも》に横向きに乗せる。

びっくりした真昼の表情に小さく笑って宥《なだ》めるように額に唇を押し付けると、すぐに顔を真《ま》っ赤《か》にして隠れるようにまた胸に顔を埋める。

今回は照れ隠しの意味合いが大きいのか、若干勢いが強くべしべしと額を頭突きするかのように押し付けてきているので、そこも愛らしいなとつい笑ってしまった。

「……まあ、俺はさ、真昼じゃないし、他人の家に口出しはあんまり出来ないけど……真昼がしたいようにするのが一番だし、真昼が決めた事を応援するよ」

周は、あくまで他人だ。もちろん周的には「今のところは」という言葉がつくが。

だから、真昼の家庭事情に深く入り込めはしない。彼女がそれを望まない限りは、そっと側で支えるくらいしか出来ない。

それでも側に居ると決めたし、真昼の家庭がどうであれ周は真昼がいいのだ。

もし真昼が家から逃げたいと言うのならば、周はそれを叶《かな》えてあげる覚悟はしていた。

周の言葉に小さく「はい」と頷いた真昼に、周は一度わしゃりと髪を撫でる。

「いざとなったらさらってやるから安心しとけ」

真昼がギリギリ聞き取れる声量で囁《ささや》いて茶化《ちゃか》すように笑えば、ばっと勢いよく顔を上げた真昼が先程より赤みが増した顔でこちらを見てくるので、周は素知らぬ振りをして真昼の髪を撫でた。

真昼の父親らしき男性と会ってから数日。

一応外出する際は彼の姿が見えないか気を付けていたが、心配とは裏腹に彼は今のところ周達に影をちらつかせる事すらなかった。

おそらく、ではあるが、彼は真昼に会いに来たもしくは様子見をしにきていた、そして結局顔を合わせるのを躊躇《ためら》ったのではないかと思う。でなければ話しかけにくる筈なのだ。

真昼に聞いてみたが、特に連絡があったり顔を合わせたという事はなかったそうなので、彼は今真昼と会うつもりがないのかもしれない。

「……よく分からないんだよなあ」

会いに来た、という行動自体は分からなくもないが、その動機が分からないので周はなんとも言えない不可解さがしこりとなって残っている。

かといって踏み込みすぎる訳にもいかないので、相手が接触してこない限りこちらからは何もアクションを起こせないのである。

「どうしたんだ?」

「ちょっと悩み事」

夏休みの宿題を携えて周の家までやってきた樹《いつき》の宿題を見つつ呟いたものだから、樹が聞き取って不思議そうな顔をしている。

「周が口に出すほど悩むって珍しいなあ……どれ、お兄さんが聞いてやろう」

「俺より後に生まれたくせに何を言う」

「細かい事はいいいんだよ。ほれほれ」

どうやら予習をするのに飽きたらしい。

ぽいっとシャーペンを机に投げ出してこちらに体を向けて胸をポンポンと叩《たた》いている。オレに任せろ、と言いたいようだ。

(……どうしたものか)

流石に、真昼の家庭事情を彼に伝える訳にはいかない。

幾《いく》ら親友と言える仲であろうが、真昼が秘すると決めた事は口外すべきではない。

これが周の秘密ならば打ち明けたかもしれないが、あくまで真昼のものであって周のものではない。包み隠さず伝える、という手段はとれそうになかった。

かといって、一人で悩んでいても答えが出るものでもない。

周は少しの間唇を閉ざした後、脳内で言葉を選びつつ口を開く。

「今まで向こうから関わりを断っていた人間が急に接触しようとしてきたとして、相手は何を考えているんだと思う？」

「それ、周の事？」

「ノーコメント」

「ふーん。まあいいけど」

周の発言に微妙に察したような眼差《まなざ》しになったが、樹は深く追及する事はなく、ただ言葉を受けて思案顔になる。

「まあ場合によるけど……それ連絡とかなしに？」

「なしに」

「うーん。相手はストーカーではないよな？」

「……ギリ違うと思う」

こっそりマンションに来て真昼が現れた途端音もなく消えているので、ストーカーとは言えないが怪しさはあるだろう。

「そのギリが気になるところだけど……そうだなあ、相手の事が気になってるのは確かだよな。間柄がどんなものかは分からないけど、ありうるとすれば口頭で伝えなければならない重要な用件を持ってきた、もしくは何か関わりたいと思わせるような心変わりがあった、とかかなあ」

「……心変わり」

「今まで向こうから関わりを切られていたってのに自ら接してくるならそうしかないんじゃ

ねーのか?」

流石に内容までは分からないけどな、と肩を竦められて、周も「そりゃそうだ」と苦笑する。

樹が言うような事を考えれば会いに来るのもおかしくはない。ただ、その理由は分からずじまいだ。

周は真昼の父親の人柄や環境など知らないので、想像しようにもヒントの欠片《かけら》もない。あるとするなら、本人の心境や環境に何かあったか、くらいだろう。それしか今更真昼に会いに来る理由が想像出来ない。

「まあ、オレは詳しく知らないから何とも言えないんだけどさあ。オレなら気になって連絡しちゃうなあ。こう、痒《かゆ》いのに放置するってやだし」

「お前らしいというか……」

「ま、周は受動的だし、接触あるまで待てばいいんじゃないの? 多分、そういうのってその内また接触してくると思うんだよなあ。接触を諦《あきら》められるものならそもそもメールや電話でいい訳だし」

状況が分からないなら待つしかないんじゃないのか、という言葉に、周も現状解決法が見つからないので待ちの姿勢になるしかないという結論に達した。

そもそも、真昼が接触される側なのだから、周にはどうしようもない、というのが大きい。

そうするしかないか、とため息をついた周に、樹が愉快そうに唇に弧を描かせる。

「……ま、好きな人のために頑張れ若人よ」

「なっ」

「お前、案外分かりやすいよなあ。自分の事なら自分って言うだろ。お前がそこまでして悩むの椎名《しいな》さんだけじゃん」

「……うるせえ」

「オレは他人の事情にあんまり口出しする権利ないからこれくらいにしとくけど、周はかわいい彼女さんのために頑張りたまえ」

うりうり、と肘で小突《こづ》いてくる樹に周はむすっと顔を歪《ゆが》めて、それから「分かってるよ」と小さく返した。

第７話　天使様と夏祭り

「今日夏祭りなの知ってた？」

夏休みも残すところあと一週間となったところで、千歳《ちとせ》がいきなり昼前に訪ねてきた挙げ句そんなことを言い出した。

「……知ってるけど」

「あ、もしかしてまひるんと二人で行く予定だった？　私いっくん誘っちゃったんだけど」

「二人で行く予定というか、真昼《まひる》を誘うつもりではあった」

今日は真昼に何も予定がない事を知っていたので、サプライズで連れて行こうと思っていたのだ。

きちんと志保子《しほこ》に頼んで浴衣《ゆかた》を送ってもらったし、自分の浴衣の着付け方法も予《あらかじ》め復習しておいたので二人で出かけられるようにしていた。

お茶を注《つ》いで戻ってきた真昼が「へっ？」と間の抜けた顔でこちらを見てくるので「夏祭り行きたがってたから調べておいた」と返すと、瞳《ひとみ》を何度もしばたかせた。

「……もしかして私お邪魔しちゃった系？」

「いや、二人で行くのもいいけど、折角ならこうやってみんなで集まれる内はみんなで行った方がいいんじゃないかなと」

もう周《あまね》達も二年生であり、夏休み明けから更に授業が受験に向けて動き出す。

周達の学校は二年かけて本来三年生で学ぶ授業内容まで終わらせて、残り一年で各々《おのおの》のコースの授業を進路に向けて集中して学ぶという形なので、そこそこにハイペースな授業だ。

となるとあまり遊んでいられる訳でもないし、何も考えずに居られる時期も少ない。三年に上がれば当然自宅学習から始まり予備校、塾、家庭教師の指導などが予定に入る事が多いので、集まれる機会も減る。

真昼と二人きりで過ごす時間を捻出するのは訳ないが、全員の予定を合わせるのは中々に骨が折れるだろう。

「……真昼はどう思う？」

「皆さんで行けるなら嬉《うれ》しいですよ。まあ千歳さんはそれ以前に訪問する時は連絡を入れてほしいですけど」

「ごめんって。努力はしたつもりだよ」

「到着の十分前でしたけどね……」

千歳に冷えた麦茶を出していた真昼が苦笑しつつこっそりと暴露《ばくろ》する。

真昼から急に「千歳さんが来るそうです」と困惑しながら言われたので、周も夏祭りのお誘いは置いておくにして訪問には当然困惑した。突撃友人のお宅訪問は樹《いつき》もやった事があったが、まさか千歳までするとは思うまい。

家に居ると確信していたからやってきたのだろうが、やはりもう少し早く言ってほしいものである。

キンキンに冷えた麦茶を美味《おい》しそうに飲んでいる千歳にため息をつきつつ、ちらりと真昼を見る。

真昼は別に祭りに行く事自体は異存ないようだ。

周としても、真昼は最近父親の件が影響してなのか微妙にテンションが低めなので、気晴らしに連れていってやりたいところだ。父親がまた接触してくるかもしれないが、存在を一時でも忘れさせてやれればと思った。

「まあ行くという事で纏《まと》まったのはよかったが、どうする真昼。浴衣着るか？」

「え？　いえ、浴衣は生憎《あいにく》と持ち合わせていないので」

「いやその……あるぞ、うちに。真昼のサイズに合わせたやつ」

「何でですか」

「母さんに頼んでおいた」

志保子の存在を示すと途端に「ああ……」と納得するので、真昼の中で志保子は何故《なぜ》か真昼にピッタリの服を沢山持っている存在なのだという認識なのだろう。それで間違ってもいないあたりが笑えない。

今回は周が頼んだのであまりとやかくは言えないのだが、本当に何故《なぜ》ここまで若い女性向けの服を所持しているのかと問いたくなる。幾《いく》らファッション関係の仕事に就いているとはいえ、明らかに真昼のために用意しているだろう。

「え、まひるん浴衣着るの？　みたーい！」

「お前は着ないのか」

「やだ。浴衣って可愛《かわい》いけど動きにくいし帯とかでお腹いっぱい食べられなさそうだしー」

「それは千歳が食い意地張ってるだけなんじゃないのか」

「失礼な」

千歳はあまり窮屈な格好を好まない上によく食べてよく動くタイプなので、浴衣のような淑《しと》やかさが求められるような服は着たがらないようだ。

そもそもああいった服は動きにくいので、活発な千歳には窮屈に違いない。

「そういや樹はどうするんだ」

「現地で合流する手筈《てはず》になってる」

「もうそれ誘う前に決めてたよな。最初から俺《おれ》らが行く前提みたいな感じだな……」

「ふふ、二人なら予定空いてたら断らないかなって」

「俺らの都合を気にしろよそこは」

「ごめんごめん」

反省してなさそうな千歳に瞳を細めてしまったが、仕方ないだろう。

まあ、樹には数日は用事がないとメッセージで言っていたので、そこから誘う事を決めていたのだと思う。

流石《さすが》にアポは取ってほしかったが、気分転換も大事だとは思うので、今回は千歳の誘いもありがたかった。

「んで、真昼はどうする？　浴衣着たい？」

「……私だけ浴衣って目立ちません？」

「一応俺も着るつもりだけど……」

「えっ、あるんですか」

「いやその、折角なら思い出に残りやすくするためにも着ておこうかなと」

「周くんの浴衣姿……」

周も浴衣、という言葉に急にそわそわしだした真昼に、周としては男の浴衣なんか見ても楽しいもんではないと思うんだがな、と内心で呟《つぶや》く。

卑屈《ひくつ》になる訳ではないが、女性の浴衣姿には華があるが、男性にはない。雰囲気は出るだろうが、鑑賞するほどのものでもないと思う。

ただ、真昼は見たいと言わんばかりにちらちらとこちらを見てくる。可愛い彼女たっての希望なので、浴衣を着て行くつもりだ。折角真昼の隣に並ぶなら浴衣の方が多少は見映えもするだろう。

「まあ、真昼が見たいなら喜んで着るよ」

「み、見たいです」

「即答。いいけど、あんまり期待すんなよ。俺のは普通の浴衣だから」

紺の無地に小豆色の帯のシンプルで控えめな色合いのものだったので、特に目立つ訳でも映える訳でもない。

それなのに真昼は期待するような眼差《まなざ》しを向けてくるので、周も苦笑して「まあなるべく似合うように着るよ」と言って真昼の頭を撫《な》でるのだった。

祭りが始まる一時間半前に、周と真昼は用意を始めた。

真昼は千歳を伴って浴衣を手に家に戻り、周は一人で浴衣の着付けに移る。

浴衣も着付けの知識が要るのだが、真昼については心配していない。彼女は着物の着付けが出来るので、浴衣くらいなんなく着てみせるだろう。

問題は周の方で、志保子に叩《たた》き込《こ》まれているとはいえ実践する事はまずなかったので、上手《うま》く出来ているか不安になる。

着終わった後鏡で確認してみるが、一応形になっていて着崩れているとかはない。

浴衣は紺の無地に小豆色の帯のシンプルなもの。あまり柄《がら》の主張が激しいものが好きではない周としては、このチョイスはありがたかった。

鏡で見る自分は、それなりに上背がある事がプラスに働いて、それっぽい雰囲気が出ている。元々よくも悪くも静かな顔立ちなので、雰囲気的には落ち着いたものにまとまっていて、恐らく似合っているの分類に入るだろう。

真昼の隣に並んで見劣りしないかは、人の判断に任せておく。

他人からの視線や評価も気になりはするが、結局のところ自分がどう思うか、そして真昼がどう思うかなのだ。

着付けと髪のセットが先に終わった周はソファに座って、ゆったりと待つ。

女性のおしゃれは時間がかかるものだと知っているし、時間に余裕を持って準備しているのでなんら問題はない。

浴衣となればいつもより着替えに時間はかかるだろうし、浴衣なら髪を結《ゆ》い上げるだろうからセットする時間も通常の三割増しだろう。

その上でメイクまでするのだから、女性はすごいと周は素直に尊敬していた。

(何もしなくても真昼は当然可愛いけど、おしゃれすると女の子ってもっと輝くからすげえよなあ)

彼氏には可愛く見せたい、といういじらしい努力に微笑《ほほえ》ましさと何とも言えない幸福を感じつつゆったり過ごしていると、どうやら用意が終わったらしく玄関で解錠音がした。

彼女のお洒落《しゃれ》が楽しみなので顔を向けずに近づくのを待っていた周に「周くん」と小さく声がかけられ、肩の辺りをぽんと叩《たた》かれる。

そこでようやく振り返って——口許《くちもと》を緩《ゆる》めた。

「可愛い。よく似合ってるよ」

「……そ、そんなにすぐ判断出来るものなのですか」

「出来る出来る。見ただけで分かるよ」

用意していた言葉なのではないか、と微妙に疑っている真昼だが、見た感想を伝えたらこれなので仕方ない。

志保子の見立ては非常に優秀だ、というのを改めて実感する。

周と隣に並ぶ事を配慮してなのか、真昼の浴衣は白地に紫陽花《あじさい》の落ち着いた雰囲気ながらも明るめの印象を抱かせるものだ。

濃淡のついた紺や藤色で描かれた紫陽花がなんとも大人っぽさと清楚《せいそ》さを醸《かも》し出《だ》している。

季節からすればやや過ぎた感が否《いな》めないが、それでも非常に似合っている。

帯は明るめの紫で、シンプルなデザインの浴衣を映えさせるようなもの。帯留めはトンボ玉があしらわれたもので、涼やかさを醸し出していた。

楚々《そそ》とした雰囲気を体現したような真昼の姿を、周はしっかりと見つめて微笑む。

「いつも可愛いけど、今日は清楚さの中に大人っぽさがあるな。しっとりした色っぽさがあるっていうか。可愛いって言ったし確かに可愛いけど、それより綺麗《きれい》寄りかな。うん、似合ってる」

「そ、そう、ですか」

真面目《まじめ》に感想を述べると、やや恥じらいを見せた真昼が落ち着かない風に横髪を弄《いじ》る。その姿を見て、ついつい笑ってしまう。

髪を結い上げている真昼はどうやら簪《かんざし》でまとめているのか、動く度に銀鎖《ぎんさ》の揺れものがゆらりゆらりと揺れている。

簪は紺色の天然石にプラスして帯と同じような意匠《いしょう》のトンボ玉で飾られており、どことなく周の着ている浴衣に似た雰囲気を感じさせた。

「まひるんまひるん、あれ素《す》だから」

「知ってますし身に染《し》みてます」

「……これ責められてるのか」

「褒めてるけど責めてる、かなー？」

「何だそれ」

意味が分からず瞳を細めるが、千歳は笑うだけだし真昼は真昼でもじもじと身を縮めて恥じらっているので、意味を問う事が出来ない。

ただ、真昼も満更《まんざら》ではなさそうなので、悪い事ではないだろう。

「……あ、周くんも、よく似合ってます」

「そうか？　ありがとう。真昼にそう言ってもらえるなら嬉しいよ」

一応それなりに合っているとは思っていたが、真昼に保証してもらえるのは大きい。若干彼女の贔屓目《ひいきめ》が入っている気がしなくもないが、褒められるのはやはり嬉しいものである。

素直に受け取ったつもりなのだが、何故《なぜ》か真昼はほんのり拗《す》ねたような色を瞳に滲《にじ》ませている。

「……俺、何かした？」

「自分だけ照れてずるいって事じゃないかなー」

「ち、千歳さん」

解説にうろたえる真昼の様子は、千歳の言葉が真実なのだと如実《にょじつ》に示している。

どうやら周にも照れてほしかったらしいが、流石にこれくらいでは照れたりしない。嬉しくもあるし面映《おもは》ゆくもあるが、真昼ほど恥じらう事はないだろう。

分かりやすく動揺した真昼に千歳も楽しそうに笑って「愛《う》いやつめー」と真昼にくっついて撫でまわしている。

髪や服装、化粧を乱さないように触る彼女の妙な手つきの鮮やかさに感心すればよいのか、愛《め》でていいのは自分だけだと主張するべきなのか。

余計に恥ずかしそうに頬《ほお》を染める真昼に、まあ真昼が可愛いから二人が仲良くするのを見るのでもいいか、とあっさり許した周は二人が戯《たわむ》れるのを生暖かい眼差しで見守る事にした。

「おお浴衣」

祭りのある会場最寄《もよ》りの駅まで向かうと、樹が早めに待っていた。

どうやら浴衣だとは思っていなかったらしく、周達の姿を見て感心したように目を丸くしている。

「数日ぶり。浴衣は母さんがどっちも送ってくれたやつ」

「へー、志保子さんの見立てはすげえなあ。よく似合ってる」

「母さんこういうところは滅茶苦茶《めちゃくちゃ》センスいいんだよなあ」

まるで二人で一つのような、寄り添う事を前提に合わせられた浴衣なので、つい感心してしまう。

後でお礼も兼ねて真昼の浴衣姿の写真を送ろうと決めつつ、改めて樹を見る。

樹は普通にラフな私服であるが、デニムやシャツを適当に着るだけで決まっているので、イケメンとは罪深いものである。

これで浴衣を着ればさぞ似合った事だろうが、本人が着たがらないのは知っているので口を噤《つぐ》んでおく。

「うんうん、美女の浴衣を見れて眼福《がんぷく》ですなあ」

「ちょっといっくん、私はー？」

「ちぃはいつでもどこでも可愛いから」

「……パックしてたら腹抱えて笑ったくせに」

「そんなちぃも可愛い可愛い」

「思い出し笑いしてるじゃん！」

べしべし、とやや強めに叩かれても肩を震わせて笑っている樹に、真昼も苦笑していた。

ちなみに周も実家に帰省した際顔にパックを貼《は》った真昼を見た事があるが、おかしいとか面白《おもしろ》いというより美を維持するのも大変なんだなあ、偉いな、と感心した記憶がある。

その時周までパックの餌食《えじき》にされそうになったので、流石にお断りしたが。

この顔も頑張って綺麗に整えているからなんだよなあ、と真昼の頬を指の背で化粧を落とさない程度に撫でると、真昼がくすぐったそうに笑う。

それだけでこちらを見ていた周囲の人間が息を飲むのだから、自分の彼女は本当に美人なのだと改めて思った。

「彼女が可愛いと目立つなあ」

「いや二人が並んでる時点で目立つんだよなあ……」

「まあ、夏祭りだからって今時浴衣を着てくる人間が少ないし、必然的に目立つだろうよ」

「いやまあそうなんだけどそうじゃないというか……まあいいけどさ」

これだからお前は、と肩を竦《すく》められるが、周はスルーして真昼をそっと引き寄せる。

周囲に自分のものだぞ、という牽制《けんせい》を込めての行動に真昼はぱちりと瞬きを繰り返すが、意味が分かったのかうっすらと頬を染めて機嫌よさそうに自ら周の腕にくっついてきた。

真昼の様子に千歳も樹もにやにやと笑っているが、本人は構わず周に寄り添っている。

「私達も負けてらんないねえ、そーれ」

「はっはっは、近う寄れ」

ノリノリで対抗するようにくっついた二人に苦笑しつつ、ぴとりとひっついた真昼を見下ろした。

上目遣いになった真昼が信頼に満ちた瞳をしているので、周もそれに応《こた》えるように側にあった小さな掌を握る。

「じゃ、そろそろ行くか？　突っ立ってても仕方ないし」

「もうお祭りも始まるもんね。よーし食べるぞー」

色気より食い気な発言をしつつ樹の腕にくっついて元気よく手を挙げた千歳に樹も笑い、祭り会場の方に体を向けて歩き出す。

周も一度真昼の瞳を見て笑い、真昼の手をしっかりと握り締めて彼らの背を追った。

四人でやってきた祭りの会場は既に賑《にぎ》わっていた。

普段は人通りの少ない地区なのだが、今日はその印象を覆すかのように多くの人で溢《あふ》れている。

ここ一、二週間は近場で祭りが他になかった、というのも盛況具合の要因だろう。

ぱっと見た感じあまり浴衣姿の人も少なく、浴衣で歩くと非常に目立ちそうだ。目立つのは真昼の美少女加減のせいが大きいが。

「結構人居るねえ」

「そうだな。はぐれないようにしないとな」

「まひるんも周を離さないようにしないと駄目だよ?」

「……離れません」

ぴとりと寄り添いつつ繋《つな》いだ手をしっかりと握る真昼に、周も指を絡《から》めるように握り返して、絶対に離すまいと誓う。

離したら確実に不埒《ふらち》な男子共がナンパに走る。走らずにはいられないだろう、こんなに可愛らしい女の子が居たなら。

ひゅーひゅー、なんてわざとらしく囃《はや》し立てる樹には「どうせお前も手を繋ぐだろ」という視線を送りつつ、祭り会場に並ぶ屋台とその道を眺める。

「真昼、何か見たいものある？　食べたいのとか」

「こういう場所初めてなので、あまり詳しくないです……」

「そっか。とりあえず無難に何か食うか」

家族で出掛けた事なんてほぼない、という事を思い出して少し湿った気分になりつつも真昼を励ますように笑うと、真昼も小さく笑う。

「あ、私わたあめ食べたーい」

「あれ初《しょ》っぱなから買ってもかさばるし放ってたら湿気《しけ》るだろ……」

千歳は割と食べるので、すぐに平らげるなら問題はなさそうだ。

ただ、初っぱなから甘いものを食べる前に腹ごしらえをする方がいい気がしなくもない。

周としては無難に焼きそばかたこ焼き辺りから攻めたいのだが、浴衣なのでソース類には気を使うし、そもそも真昼が食べたいものを優先するつもりだ。

「……お祭って、どんなものがありますか？」

「ご飯なら焼きそばとかたこ焼き、イカ焼きにフランクフルトあたりかなあ。お腹《なか》にたまるものだと今挙げた感じが多いかな」

「……歩きながら決めちゃ駄目ですか？」

「俺は別にいいよ。そういうのも祭りの醍醐《だいご》味《み》だからな」

何食べるか決めてからでもいいが、よさげなものを歩きながら見つけて買うというのも乙《おつ》なものである。むしろそちらの方が祭りとしては楽しめているのかもしれない。

樹達はどうだ、と視線を送ると構わないといった旨《むね》の返事と頷《うなず》きをもらったので、その路線でいこうと真昼を促して人混みの中に入るように歩き出した。

屋台を見ながら適当にぶらついたり買い食いしたりしていると、縁日お馴染《なじ》みの射的屋《しゃてきや》が見えてくる。

縁日特有の屋台といったら射的屋というイメージがある周としては、折角なので遊びたいところなのだが、真昼が興味を示さないならスルーしようかなとも思っていた。

手を繋ぎながらきょろきょろと屋台を見回しては楽しそうに瞳をきらきらさせていた真昼は、周の視線の先を辿《たど》ってぱちりと瞬きを繰り返す。

「周くん、あれなんです？」

「ああ、射的。コルク銃で景品狙《ねら》って落としたらもらえるってゲームだな。やってみるか？」

何事も経験だよな、と思いつつ財布を取り出して揺らすと、真昼は微妙に困惑しつつも好奇心が勝《まさ》ったのかこくりと小さく頷く。

よしきたと店主にお金を渡してコルク銃と五発分の弾を受け取って、真昼が撃てるように装着していく。店主に任せなくても自分で出来るようになっているのは、間違いなく両親達が祭りにも幾度《いくど》となく連れていってくれたからだろう。

「ほら、出来たぞ。どれ狙う？」

「……あれ、可愛いなって」

真昼が指で指したのは、プラスチックのケースに入ったヘアピンだ。紫陽花の形をした飾りのついたそれは、今の真昼の着ている浴衣と意匠としては合いそうだし、デザイン的にも可愛らしい。

ただまあ、射的の経験がある周としては、ああいったものは割と落としにくいように調整されている事が多いので、初めての人が狙うにはおすすめしない。

が、真昼の自由意思を尊重したいのでそれは言わず、撃ち方や体勢を真昼に教えつつ真昼の腕に任せる事にした。

美少女がおもちゃに近いとはいえ銃を構えてる姿というのも中々によいものだとひっそりと思いつつ見守ると、真昼は実に真剣な表情で銃を構えて、引き金を引く。

軽い音がして、弾が飛んでいって……そのまま、後ろにある布に当たる。

「むむ、難しいですね」

「まあぶっちゃけ狙いをつけるだけで一苦労なんだよなあ、初めてだと」

景品との距離がそこまでないからと言って甘く見てはならない。

銃の威力や発射速度によって角度を調整しなくてはならないし、撃つ時はぶれないようにしなくてはならない。そもそも銃によって実は癖があったりするので、それを見極《みきわ》めないと景品に掠《かす》りもしなかったりする。

中々奥が深いんだよなあ、と両親に無駄に叩き込まれた技術と知識を思い返しつつ笑うと、真昼は笑われたと勘違いしたのか「今度こそ当ててみせます」と意気込んで周に教わった通りに弾を込めて撃っていた。

結局全弾外しているので、その勢い全《すべ》てが嘆息に変わってしまうのだが。

店主に参加賞の棒状スナックを多目に渡された真昼がしょんぼりとしていた。

「外してしまいました」

「初めてだから仕方ないって」

「そうそう、誰《だれ》だって初めてはそうなるよ。無念は周が晴らしてくれるし。よっ、周のかっこいいとこ見てみたーい」

「他人事だから気楽に言ってやがるな」

元々真昼が欲しがっているものは取れなかったら周もチャレンジする予定ではあったが、軽々と言ってもらっても取れなかった時に困る。

ただ、真昼も割と名残惜《なごりお》しいのか狙っていたへアピンを見て、それから周を見上げた。

「……あれ、欲しいです」

「……そう言われると頑張らざるを得ないよなあ」

絶対に千歳におねだりの仕方仕込まれてる、といった可愛らしい上目遣《うわめづか》いを披露してくれた真昼に「これは外せないいなあ」と苦笑しつつ、周も同じように店主に代金を渡して銃と弾を受け取る。

流石に久し振りなので上手く行くかなあ、と銃の感覚を確かめつつ気負いはしないようにして構えて、トリガーを引く。

滑らかな動作で放たれたコルクの弾丸は、真っ直ぐにヘアピンのケースに向かって飛んでいき、端を掠めた。

ややケースが揺れはしたものの、倒れる事はない。

「あー惜しい」

「いや、いいよこれで。感覚摑《つか》むのと銃そのものの癖見るためだったから」

何も一発目から倒すという意気込みだった訳ではない。

試し撃ちのつもりで撃ったし、実際軽く掠めた程度だった。

ただ、触った感覚と撃った感覚、景品の当たった感覚から、この店の銃なら大丈夫だろう、という感じがあった。

銃のアレコレによっては落とせないものもあるので、今回のものは問題なさそうだと思う。

狙いと当たりどころさえよければ大概のものは落とせるだろう。

勘が鈍《にぶ》っていない事に安心しつつ再度装塡《そうてん》して、狙う。

真昼のためならこの店一番の大当たりである大きめの玩具《おもちゃ》でも何でも当ててみせようと思うが、欲しがっているのはヘアピンなのでそれに一点狙いする。

（懐かしいなあ）

小中学生の頃によく縁日に連れていってもらった、と昔の思い出を浮かべながら静かに引き金を引けば、今度はケースの真ん中からやや上側に当たった。

ど真ん中に当てても落とせるかどうか危うかったが、重心を揺らす事に集中して如何《いか》にバランスを崩させるかという事に気を付けて撃ったそれは、狙い通りケースを揺らして、倒れさせる。

見ていたらしい周囲の客から微《かす》かなどよめきが聞こえた。

これで外したら大恥だったよな、と思いつつ余った弾を適当に軽そうなお菓子に当ててついでに景品を回収すれば、店主がにこやかながらも微妙にひきつった顔をしていた。

(あんま取りすぎると営業妨害になるんだよなあ)

一度景品を取りすぎて出禁になりかけた志保子を思い出しながら「すみません」と肩を竦めて、獲得した景品を受け取る。

「これでいいんだよな?」

振り返って獲ったヘアピンのケースを掲げれば、真昼が恥ずかしそうに頷く。

「……あ、ありがとうございます。まさか本当に落とすとは……」

「何でさらっと取るかなあ」

「こういうのは得意だからな」

「わーイケメン。むかつく」

「なんでだよ……」

千歳から促してきたのに実際に取ったら文句を言われて、理不尽さを体感した周である。

「まあ、周ってこういうの得意そうだよなあ。ゲーセンとかで銃撃つゲームとかもハイスコア出すし」

「こういう無駄なところにも教育に力が入ってたんだよなあ……人生が豊かになるぞって……」

「いやまあそのお陰で椎名《しいな》さんが欲しがってたものゲット出来たんだからいいだろ」

「それもそうだ」

真昼の欲しがっていたものを得られたのは事実なので、両親に感謝している。

まあ特技と言い張れる程度には上手くなってるのかな、と笑いながら景品のヘアピンをケースから出して、真昼の前髪を軽く挟んでヘアピンで留める。

たまたまではあるが浴衣と意匠が似たようなもので統一感があり、雰囲気もよく合っていた。

「ん、可愛い。よく似合ってる」

シンプルながら可愛らしいデザインで使い勝手も良さそうだな、とよく似合っている真昼の顔を覗《のぞ》き込みながら笑えば、頬を薔薇色《ばらいろ》に染めた真昼が「ありがとうございます」と囁《ささや》く。

これは照れたんだな、と察した時には樹に「周って椎名さん限定でたらしだよな」と訳の分からない感想を述べられたので、周は羞恥《しゅうち》と歓喜を滲ませた真昼の頭を撫でて樹をスルーす

る事にした。

「まひるんご機嫌だねえ」

周が獲得したヘアピンを身に付けた真昼は、非常に機嫌がよさそうだった。

千歳が指摘せざるを得ないくらいに、彼女は花を飛ばしている。

花だけではなく甘い笑みまで周囲に飛ばしていて、下手《へた》したら矢まで飛ばしてすれ違う男性陣の心臓まで射止めていそうなので末恐ろしい。

周囲の男性を虜《とりこ》にしていく姿は天使そのものなのに、その笑顔は魔性を帯びている。

流石の樹もここまで真昼が上機嫌なのは初めて見るらしく、たじろぎと照れを見せていた。

ある程度耐性がある筈の周ですら胸の高鳴りを抑え切れない。

「おい周、これは止めないと」

「それは思う。可愛いけど、被害者が大変な事になる」

間違って何か真昼に危害を加えられても困るので、幸せそうに頬を緩めている真昼に周は軽く握った手を引っ張り、真昼の耳に顔を寄せる。

「真昼。喜んでくれて嬉しいけど、そんな顔を人に見せたら駄目だ。悪いやつに連れ去られそうだし……それに」

「それに?」

「……そういう可愛い顔は、俺と二人の時に見せてくれないと、嫌かな。俺だけのものにしたいし」

だから見せるのは嫌だ、と真昼だけに聞こえる声で囁けば、ぽふっと音を立てそうな勢いで顔を赤らめる真昼が出来上がった。

こくこくと一生懸命首を縦に振ってくれる姿は素直で健気《けなげ》で可愛らしいのだが、先ほどつけたヘアピンがずれてしまっている。

真昼を止めつつ優しくピンの位置を直してついでに頬を撫でておくと、今度は真昼は固まって、それから周の二の腕に軽く額を当てて顔を隠してしまった。

多分照れたんだろうな、と思いつつ握った真昼の手を指の腹で撫でるときちんと反応するので、完全にキャパオーバーになった訳でもないようだ。

「そこの二人、魅了《みりょう》がやんだのはいいけど今度は目の毒になってるからな」

「真昼が可愛いから仕方ない」

「いや今回のはお前が悪いと思うしお前に原因があるぞ……周を根暗って評価してた女子に今の覚醒した姿を見せてやりたいくらいだ」

「何だいきなり」

「まひるんも周には弱いねえ、破壊力マシマシだもんね」

覚醒《かくせい》って何だよ、と呆《あき》れつつくっつく真昼に視線をやれば、何故だか上目遣いで微妙に睨《にら》まれた。

「……周くん、さっきの台詞《せりふ》はそっくりそのまま周くんにお返しします」

「お、おう?」

「絶対ですよ」

かなり念を押されたので頷くと、少し安堵《あんど》したような真昼が額でぐりぐりと二の腕を押してくる。

こういう触れ方好きだよな、と思いつつ好きにさせていたら、千歳がにまにまと笑っているのが見えた。

「まひるん限定天然たらしは相変わらずだねえ」

「たらしって……あのなあ」

「まあまひるんが満更《まんざら》でもなさそうだから私は止めないんだけどー。それよりお腹空《す》いちゃったからあそこのイカ焼き買いに行かない? 甘ったるいからしょっぱいもの食べたいし」

「お前まだ甘いもの食べてないだろ……」

「そっちじゃないんだなーこれが。まあいいから行こうよ、周囲のためにも」

周囲のためにも、と言われて周囲にちらりと視線を向けると、顔を赤らめた方々と視線が合う。

男女共に真昼の恥じらい具合と可愛らしさに当てられたのだろう。男性からは地味な嫉妬《しっと》の眼差しを受けたので、そうに違いない。

人が多く居るところで真昼を照れさせるんじゃなかった、と地味に後悔しつつ、周は千歳の提案に乗って真昼の手を引いてイカ焼きの屋台に向かって歩き出した。


「んー、やっぱ祭りのご飯って味が違うよねえ。雰囲気効果なんだけど」

この前にも焼きそばと唐揚げを食べていたのに余裕そうな表情でイカ焼きをぱくついている千歳は、実にご満悦そうな表情だった。

出店の並ぶ大通りから少し外れて用意されていた休憩スペースで立ち食いをして居るのだが、やはりここでもちらちらと視線は感じるものだ。

（まあ、真昼も千歳もタイプが違うけど美少女だからなあ）

清楚可憐《かれん》を体現したような美少女の真昼と、活発で愛嬌《あいきょう》があるボーイッシュさが魅力の千歳、それぞれベクトルは異なるが美少女には違いない。

当然人目を惹《ひ》く。

それも、今は千歳がイカ焼きを興味深そうに見ていた真昼にあーんと食べさせているので、可愛らしい二人が仲睦《なかむつ》まじく触れ合っていたら男性の視線は釘付《くぎづ》けになるものである。

美味しかったのかふわりと淡く微笑む真昼に、うっとりとした嘆息をこぼす男性が見えるくらいなので、余程絵になっているのだろう。

「可愛いなあ」

「可愛いけど俺ら差し置いていちゃいちゃしてるぞ」

「何だやきもちか」

「女同士で仲良くしてる分にはやきもちはそう妬かない」

「はは、なら見守っとけ。あれはあれでとてもよいと思うけど」

美少女が戯れる姿は格別ですなあ、と若干変態臭い言葉を口にしている樹ではあるが、気持ちは分からなくもない。

ただ口にしたら自分が変態になる気がしたので飲み込みつつ、二人が仲良さそうに笑い合っているのを眺めていると――近くから「あれ、椎名さん？」という声が聞こえた。

振り返ると、クラスメイトである男子数人が居て、真昼達の方を見ていた。

こちらもお祭りを絶賛堪能中なのか、お面をつけていたりわたがしの袋を手にしていたりと分かりやすくお祭りを楽しんでいるのが見てとれた。

先に反応したのは樹で、相変わらずの友好的で爽《さわ》やかな笑顔で彼らに手を振りながら近づいていく。

「おー お前らも祭りきたのかー」

「白河《しらかわ》さんが居たらそりゃ樹も居るよなあ。って事は藤宮《ふじみや》も」

「ここに居る」

樹のように手を振ったりはしないが軽く手を挙げると、彼らにざわめきが生まれた。

「え、浴衣」

「浴衣じゃ悪いのかよ」

想定外というのがひしひしと伝わってくる声音《こわね》に苦笑してしまう。

「いや、何か堂に入《い》ってるっつーか……」

「普通に着てるだけだけど」

浴衣を着ている事以外は特別な事はしていないし、至って普通なのだが、彼ら的には浴衣の雰囲気が特別に見えるらしい。

まじまじと見られると何とも言えない居たたまれなさと痒《かゆ》さを感じて顔が渋くなるのだが、ゆったりとした動作で歩み寄ってきた真昼の姿を見ればそれもほぐれた。

「あら。お久しぶり……というほどでもないかもしれませんが、終業式以来ですね。皆さんお元気そうでよかった」

「おお……浴衣の椎名さん……」

もれなく見とれているクラスメイト達も想定内なので気にせず真昼を見つめると、視線に気付いた真昼がほんのりと頬を染める。

それだけでクラスメイト達が固まるので、真昼の可愛らしさがよく分かる。

「し、椎名さん、浴衣すごく似合ってるね」

「ありがとうございます、そう言ってくださって嬉しいです」

褒められても照れるのは周相手だけなのか、美しいよそ行きの微笑みをたたえて賛辞を受け取っている。

「それ、自分で着付けたの？」

「ええ。といっても浴衣自体は周くんのお母様にご用意していただいたものですけど……」

「浴衣の事なら気に病まなくていいぞ。母さんは真昼を可愛がるためなら何でもするからな、割と」

来年の着物も用意してそうである。我が家には幾つも着物があるし母方の祖父母の家にはもっとあるので、嬉々《きき》として見繕うだろう。

また別の着物姿が見れるのかと思うと、周としてはいいぞもっとやれとエールを内心で送るしかない。

「でも、流石に申し訳ないというか」

「いいんだよ。真昼にとってもうちは実家みたいなもんだろ」

両親からも実家と思っていいと言われているしむしろウェルカムなので、遠慮される方が両親は悲しむだろう。

それを察した真昼がはにかみながら頷いて胸元《むなもと》を押さえているのを柔らかな幸福感を味わいつつ眺め、それからちらりと話しかけてきたクラスメイトを見る。

そういえば彼は体育祭の時に突っかかってきたやつだったな、と今更ながらに思い出すが、だからといってどうという事はない。

何をどうしようが、真昼の中で彼らは他人に過ぎないのだ。彼らが口を挟める隙《すき》なんて、一つもないのだから。

そんな事実に優越感を覚えてしまうあたり性格悪くなったかなあと内心で苦笑しつつ、それでも譲る気は更々なかった。

「んじゃ、楽しんでるの邪魔しちゃ悪いし、そろそろ移動しようか」

千歳もイカ焼きを食べ終わったし、と付け足して千歳を見れば興味深そうにこちらを見ていた。

さりげなく真昼の腰を引き寄せつつ、彼らに周なりのよそ行きの笑みを向ける。真昼は驚いたようだが、恥じらいに確かな歓喜を滲《にじ》ませて、自ら周にくっついた。

「はい。じゃあ、また夏休み明けに」

「あ、う、うん……またね」

笑顔で真昼にそう言われてはそれ以上追いすがる事も出来ず、彼らは何とも言えない表情で周達が立ち去るのを見ていた。

彼らから離れてまた出店の並ぶ道を歩き始めたところで、樹が真昼とは逆側に立って少しだけ顔を近づける。

「周、今のわざとだろ」

真昼に聞こえないようにしているのか、小さな声が喧騒《けんそう》と祭り囃子《ばやし》に紛《まぎ》れて聞こえてくる。

「どこの話だ？」

「そうだな、今の体勢もそうだが、実家のくだりも」

本当に、樹は賢く勘のよい男だった。

周なりの決意と主張を、きちんと理解していたようだ。

「さあな、どうだろうな？」

「……強《したた》かになったなあ、お前も」

褒めてるのか呆れているのか分からない声音で呟かれたので、周は褒められていると受け取る事にして意味深な笑みを浮かべるのだった。


「次はかき氷食べよー！」

ぶらつくのを再開した四人だが、千歳の発言に再度足を止める事になった。

かき氷の屋台は既に通り過ぎた。

恐らく進んだ先にもまだあるのだろうが、どこにあるのかは分からないので少し戻った方が早い。

面倒くささというよりも、周としてはまだ食べるのかという困惑の気持ちの方が強い。

「どんな胃袋してるんだよほんと……」

「こんな胃袋だよー」

ぽんとお腹を叩いているが、真昼に負けず劣らずの細さが分かるだけだ。このお腹に焼そばと唐揚げとイカ焼きが格納されているのだから驚きである。

どこに仕舞われてるんだ……と真顔になってお腹を見ていたら、真昼も同じ事を思ったのか苦笑を浮かべていた。

「千歳さん太りませんよね。すごくスレンダーで羨《うらや》ましいです」

「健康的な細さだよな。引き締まってるし」

「えへー、もっと褒めたまえ」

「ほんとちぃは細いんだよなあ……抱っこした時とかすごく細いし」

よくくっついている樹だから、千歳の細さもよく分かっているのだろう。

樹は特段太いという訳ではなく中肉中背なのに、くっついていると千歳の細さが目立つのだからかなり細い。

それでいて筋肉がうっすらと浮かびつつもごつくない絶妙な体つきを維持しているのだから、千歳の努力が窺《うかが》える。

「よく食べるのに太らないんだよなあ」

「代謝いいもん」

「まあそれにちぃは体質的にも太りにくいからなあ。その分他のところにつかないんだけど」

「……いっくん、こっちにオイデ」

口を滑らせたな、と一瞬で悟ったのは、千歳がにこやかな笑顔で抑揚のない声をあげたからだろう。

千歳が地味に気にしている部位の事に触れたのだから、当然怒る。むしろ彼氏だからこそ余計に怒っている気がする。

「ごめん失言だったから脛《すね》蹴《け》るのやめてください」

「毎度言ってるけどいっくんは一言余計だなー？　向こうで仲良く話そ？」

にこにこと笑いながら樹の腕にくっついてひっぱる千歳に、御愁傷様《ごしゅうしょうさま》と口には出さず樹に送っておく。

「雉《きじ》も鳴かずば撃たれまい……」

「何か言った？」

「いーやなんでも」

こちらに飛び火するのは勘弁なのでさらっと否定して、隣で困っている真昼に樹の救援要請をスルーすべくわざとらしく微笑みかける。

「真昼はかき氷何食べる？」

「え……い、いちごみるく……？」

「ん。じゃあ買いに行こうか。千歳ー、先にかき氷買ってくるからそこで仲良くしてろー」

「はーい」

樹を威圧しつつも笑顔で振り返って返事する千歳に小さく笑って、周は真昼の手を引いて一度道を戻る事にした。


二人がかき氷を買って戻ってきても、千歳のお説教は終わっていなかった。

道から少し外れたところで仲良く話し合いをしている二人を遠目に見て肩を竦めた周は、周の腕にくっつきながらなんとも言えなそうに苦笑いを浮かべている真昼を見る。

「……まだやってるんだよなあ」

「仲いいですよねえ」

「まああいつらなりのいちゃつき方だよなあ。若干千歳が怒ってるけど」

「あ、あはは……」

本気で怒っている訳ではないのも分かっているので止めたりはせず、手にしていたかき氷のカップを真昼に手渡す。

「ほら真昼」

「ありがとうございます。周くんは……なんか渋いですね」

「ほんとは宇治金時《うじきんとき》がいいんだけど流石に屋台にはなかった」

ちなみに周は抹茶《まっちゃ》を選んだ。

あったならば宇治金時にしたのだが、流石に屋台にあんこと白玉を求めるのはきついものがあるので致し方ない妥協である。

「周くんそういう甘いのは食べるのですね。あんまり食べようとしないですけど」

「別に甘いものの嫌いじゃないぞ、好んで食べないだけで。あんこは好き。特につぶあん」

甘いものは自分から食べないだけで出されたら食べる。自ら食べようとするのはカスタード系のものくらいだろう。それもあまり食べないので、好きというイメージはまずつかない。

あんこが好きなのは抹茶や緑茶に合うからである。苦いものに甘いものは互いを引き立てあってとても合うので、実はそこそこ好きだったりする。

「そうなんですか。……餡《あん》を炊くのは大変ですから何か作るのも苦労しますね」

「あんこを炊くところから考え始める真昼がすげえよ。市販のやつでいいだろ……」

普通小豆を炊いていくところから始めようという発想はないだろう。市販でもあんこは袋づめされて売られているのだから、手間隙と時間を考えたらそちらを選ぶ人間の方が圧倒的に多い。

ただ、真昼は手作りの方が先に来るようだ。

「好きな人には美味しいものを食べさせたい心なのです。市販のだと中々甘さは調整出来ませんし、粒の感触が残らないのが多いので」

周くんには美味しそうに食べてほしいなんて健気な事を言って微笑む真昼に、周も申し訳なさやら愛されてる実感に幸福を感じるやらで、頬が緩めばいいのか引き締まればいいのか分からなかった。

「……じゃあ抹茶プリンにあんこ添えたやつたべたい。あとどらやき」

「ふふ、はぁい。お任せあれですよ」

周くんのためなら何でも作りますよ、と真昼が言えば過言でもなさそうな言葉を口にしてかき氷を食べた真昼に、周は何とも言えない照れ臭さを感じて誤魔化《ごまか》すように自分のかき氷を口に運んだ。

「いいなー抹茶プリンー」

かき氷を食べていたら、どうやら樹と仲良く話し合いをしながらもこちらの話を聞いていたのか、羨ましそうにしながら千歳が近寄ってきた。

「樹のお仕置きは終わったのか」

「もちろん。まったく、失礼しちゃうよねー」

親指を立てている千歳に周と真昼は多分揃《そろ》って苦笑し、先程まで樹が居た場所に視線を向けるのだが……そこには誰も居なかった。

「ちなみに樹は?」

「かき氷とチョコバナナ買いに行った」

「増えてやがる……」

「詫《わ》びだもーん」

　ぷいっとそっぽを向いた千歳に、樹の財布が寒くなりそうだなと思いつつも本人が悪いので哀れみはしない。

　何回か地雷を踏んでいるのに学習しない樹だが、彼らにとっては恐らくある種のスキンシップやコミュニケーションのようなものなのかもしれない。怒らせているのであまり褒められたものでもないが。

　今回は拗ねるのが長引いているのか、未《いま》だに唇を尖《とが》らせている。

「こっちだって好きで小さい訳じゃないしー。どーせ男の人はまひるんみたいにぼいんの方がいいんでしょー」

「そ、そういう言い方をされるのは……」

　さっと胸元を押さえる真昼は、千歳と比べれば盛り上がりも激しい。平均以上は確実にあると思っているが、気にしすぎると真昼が恥ずかしがるので、あまり見ないようにしていた。

「別に妬《ねた》む訳じゃないけどさ、羨ましいなって思うよ。まひるんは私にないものいっぱい持ってるもん。綺麗で、スタイルよくて、勉強も運動も家事も出来て、お淑《しと》やかで……ほんと男の人の理想だと思うよ」

「そんな事は」

「あるよー。絶対大輝《だいき》さんはまひるんを見たらこういう女性を選んだ方がいいっていっくんに言うよ」

微かに萎《しお》れたように笑う千歳に、彼女が今日一人で周と真昼の下を訪ねた理由をなんとなく察した。

「大輝さんに何か言われた？」

「んー。言われてはないよ。ただ目線が歓迎してないだけ」

大輝さん、というのは樹の父親である。

彼は樹と千歳の仲を歓迎していない。

樹の家に行った際話す機会があったが、単純に大輝が千歳の性格を苦手としているのと、樹には立派な女性を伴侶《はんりょ》にしてほしいそうで、あまり好意的に見られないそうだ。

千歳が嫌いというより他にもっといい女性が居るだろう、との事である。

「別に嫌ってはないぞ、大輝さんは」

「でもまひるん目の前につれてったら絶対まひるん選ぶよ」

「そ、それはまあ……」

千歳には千歳の魅力があるとは分かっているし真昼にはない魅力も千歳は持っている。

底抜けに明るくフレンドリーではあるが自分の立ち位置を理解した振る舞いの出来る、実に空気の読める少女だ。わざと抜けたような発言もするが本質的には大人びている部分があり、何処《どこ》か俯瞰《ふかん》して物事を見ている事もあり、実は油断出来ない人でもある。

その両面を見るとただのお調子者にはとても思えないが、大輝の求める存在ではない。

彼が求めるのは真昼のような言ってみれば大和撫子《やまとなでしこ》であり、その要求から千歳が外れているのだ。

千歳に足りていないものがある訳でも千歳が悪い訳でもなく、ただ相性《あいしょう》と目的が合っていないだけ。

千歳は大輝に気に入られていない事を気にしているのか、深くため息をつく。

「だからってまひるんみたいになろうとしても、こう……うがーってなるし。いっくんは気にしないでいいって言うけど、やっぱり将来的にこう、娘になりたい訳でね？　円満な仲を築きたい訳ですよ」

「……難しいな。すぐに解決する問題でもないよな」

「うん。年単位でかかる。まあ、頑張るけどさー、何ともならないのが難しいの。相性ってあるからね」

周達のように公認だったらよかったのにねえ、と困ったように笑いながら真昼にくっついて真昼のかき氷を分けてもらう千歳に、なんと声をかければいいのか分からなかった。

真昼もどう声をかけていいのか分からないのか、ただ優しく千歳を撫でている。

千歳も甘えるようにくっついて、ついでにかき氷のおねだりをしていた。

そうしていれば、樹が両手に注文の品を抱えて戻ってきているのが人混みの隙間《すきま》から見えた。

「別にへこんでる訳じゃないし、いっくんには言わないでね」

先んじて注意した千歳がいつもの笑みを浮かべて樹の方に向かうのを、何とも言えない表情で周と真昼は見送った。

買い出し《パシリ》から帰ってきた樹と合流した三人は、買ってきたものを食べ終えてゆっくりと人の流れに身を任せて屋台を見物していた。

「しっかしまあ、人多いなあ」

「そりゃこの辺で唯一《ゆいいつ》の祭りだからなあ。屋台も多めだし規模結構でかいよ。学校のやつらともそりゃ会うさ」

まあすごすご退散してったけど、と付け足して愉快そうに笑う樹に、実質追い返したようなものの周は肩を竦めるだけに留《とど》めておく。

聞いていた真昼がきょとんとした顔をしているので、退散という言葉を不思議がっているのだろう。

おそらく気付く以前に眼中になかったのだと思うと、小さな優越感が胸を擽《くすぐ》った。

(真昼の視線ですらやりたくなかったのは、独占欲なんだろうなあ)

真昼が周以外を見ない事は学校の様子で知れ渡っていると思っていたのだが、諦《あきら》め切れなかったらしい。

気持ちは分からなくもない。

清楚可憐で男子の理想を体現したような少女が近くに居るのだ。向こう側からすればぽっと出の男がかっさらっていったなんて納得がいかないだろう。

ただ、流石に真昼が明らかに周とそれ以外で態度が違う事くらい理解してほしいものだった。

(……愛されてるよなあ、俺も)

もちろん分かってはいるのだが、最近ますます痛感してきた。

本当に、大切に思われているし愛されている、と。

当然周も真昼が自分に抱くものと同じくらい熱量を込めて接しているが、やはり気恥ずかしさと誇らしさが同時に訪れるのでむず痒さも覚えた。

「……周もほんとまひるん好きだよねえ。顔に出てる」

「え」

「昔と比べてこう、愛想がよくなったし表情とか眼差しがすごく柔らかくて……言うのもあれだけど甘くなったよ」

「……愛想が多少よくなった自覚はあるけど、甘くなったって言われてもな」

態度や言葉が甘いならまだ分かるが、眼差しや表情が甘いと言われてもあまり実感がない。

周はどちらかと言えば素っ気ない雰囲気を持っているし、冷たい方だと自覚しているのだが、甘いと言われると首を傾《かし》げてしまう。

「真昼、そんな俺甘い？」

「え、そ、それは、その……はい」

「そうかなあ。つーか目付きとかが甘いと言われてもなあ」

「今度写真撮っといてやるから自覚して悶《もだ》えろ」

すごいから、と言われ、今度から人前で真昼を可愛がるのは控えようと思いながらも、真昼が常に可愛いので抑え切れる自信がなかった。

ぽっと頬を赤らめてこちらをちらちら見てくる真昼をとりあえず指で頬を撫でておきつつ、周は少しだけ頬に力を込めておく事にする。

「……今更顔引き締めてもオレ達には無意味なんだけどなあ」

「やかましい」

「まひるんも周が甘い方が喜ぶだろうし」

「え、そ、それは……その、どんな周くんでも、好きです。キリッとした周くんも、甘い周くんも、色っぽい周くんも……」

「へー、色っぽい周見た事あるんだー」

にやにやと笑みを向けられたが、別に疚しい事は一切《いっさい》していないので渋面《じゅうめん》を作りつつも慌てる事はしない。

周と真昼は付き合って二ヶ月強経《た》っているが、やっとキスをするようになったくらいでそれ以上には及《およ》んでいないし、しばらくは我慢するつもりである。

付き合ってすぐそういう行為に持ち込むのは体目当てのようで嫌だし、負担がかかるのは真昼の方なので気軽に勢いでする訳にもいかないだろう。

真昼が望むなら考えなくもないが、そういった気配は今のところないので縁がない話であった。

「別にお前らが想像する事はしてない」

「それを堂々と言うあたりストイックというかプラトニックというか」

「でもキスはしたんでしょ」

「……お前らには関係ないだろ」

そこは報告したんだな真昼、と繋ぎ直した手を軽くにぎにぎして責めてみると、真昼が真《ま》っ赤《か》な顔をしながら「ごめんなさい」と小さく呟く。

女子トークの弾みで口にしてしまったのだろうから文句は言えないが、こう指摘されると恥ずかしいものがあった。

千歳からしてみればキスも遅いのか「ほんと純情同士だよねえ。というか周がへたれというか」としみじみした感想を述べられて、眉《まゆ》の間が狭《せば》まる。

「……いいだろ、別に。俺達なりに進んでくし」

「うん、それはいいんだけどね。待たせすぎると女の子も焦《じ》れちゃうからほどほどにねって言いたくて」

「ち、千歳さん……」

「まひるんも素直に言った方がいいよ？　周くんがキスしてくれないって私に相談するより」

「あああああ駄目ですそういう事言うの！」

慌てて千歳の口を塞《ふさ》ごうとしている真昼に目を丸くすれば、千歳がひらりとかわしつつにこにこと真昼を愛でるように眺めてる。

いかに運動神経のよい真昼といえど、千歳も運動神経はいい上に真昼とは違って洋服、それもパンツスタイルなので、千歳を捕らえる事は出来なかったようだ。

「ふふ、まひるんは恥ずかしがるけど、私は可愛いなあって見てたんだよ。周の奥手さに呆れてもいたけど」

「……そ、それ以上言うと、千歳さんがまだ終わってない課題の最後の追い込み手伝いません」

「それは困るなあ。じゃあお口チャックしておこっと」

可愛らしい脅しに千歳が更に微笑ましそうに顔を緩めつつ、唇を横になぞりファスナーを閉めるような仕草をする。

羞恥にぷるぷると震える真昼をまじまじと見てしまって、視線に気付いた真昼が更に顔を赤くして逃げようとするのを、周は慌てて捕まえた。

抱き留めるように捕らえて、落ち着かせるように背中をぽんぽんと叩く。

「流石にはぐれたら合流に困るし真昼がナンパされるから、逃げるのはやめろ」

「……ううっ」

「真昼の事は見ないから、な？」

見ない代わりに腕の中で羞恥に駆られて震えるのを感じはするが、と思ったが口にしたら今度こそ逃げられそうなので黙りつつ言い聞かせると、真昼は素直に周の腕の中で大人《おとな》しく体を揺らしている。

こういう素直なところがまた可愛いんだよなあ、としみじみ感じていると、樹と千歳が呆れた眼差しをこちらに向けていた。

「そういう顔が甘い顔なんだよなあ」

「無自覚はこれだから嫌ですなあ」

内緒話をするように言いつつもこちらにわざと聞こえる声量で話している二人に頬がひきつった。

しかし真昼が腕の中に居るので咎《とが》める事も出来ず、今度は不服なのも隠さない表情を浮かべる周だった。

「ふいー、食べた食べたー」

「どこにあの量が入ったんだ……」

屋台を粗方《あらかた》回り終え、千歳はお腹をさすりながら満足そうに頬を緩めていた。

腹部は屋台を回る前よりやや膨らんでいるように見えるがそれでも細く、よくあの量が入ったなと感心すればいいのか呆れればいいかが悩みどころだった。

「んふー、こういうお祭りのご飯は格別ですなあ」

「まあお前が満足してるならいいんだけどさ……食べすぎには気を付けろよ」

「普段はこんなに食べませーん。ちゃんと調整してますー」

スレンダーな体型を維持している千歳の言う事なので信じるしかないが、それにしても食べすぎな気がしなくもない。ただ本人は納得しているようなので、周がとやかく言う事でもないだろう。

「そういう周は足りるの？　私からすれば全然食べてないけど」

「ん……俺は家でちょっと食べるつもりだったし。真昼が出汁《だし》冷やしてるからレトルトの飯で冷やし出汁茶漬けでもしようかと」

「なにそれ美味しそう」

「まだ食う気力あるのかよ……」

屋台の品もいいが一日の〆《しめ》は真昼の料理がよかったので家で真昼の作り置きの出汁を使って茶漬けにしようと思ってあまり食べずにいたのだが、まさか千歳がまだ食欲を余らせているとは思わなかった。

千歳の食欲に苦笑している真昼は「また今度にしてください」と窘《たしな》めている。

今日見ただけでも焼きそばや唐揚げ、フランクフルトに真昼の買ったたこ焼き一粒やチョコバナナ、かき氷と男子でもお腹が満たされる程度に食べているので、胃の心配をしているのだろう。

どこに入ったんだろうか、と細い腰を見ながら考えていたら、視線に気付いたらしい千歳が「やんえっち」と体をくねらせたので、白《しら》けた眼差しを返しておいた。

「まあ千歳の胃の容量は今後要観察でいいとして」

「わおつれない」

「どうする？　もう帰るか？」

ある程度遊び回ったたし、夏場で日が暮れるのが遅いとはいえ既に空は闇《やみ》色。もうすぐ二十時半になるので、家のある区域から離れた周と真昼の移動時間も考えてそろそろ解散にするのが無難だろう。

千歳も樹が居るとはいえあまり遅い時間に出歩かせるのもよくない。

「んー、帰るのは構わないけど私まひるんち泊まるよ？」

「は？」

「事前にまひるんちに荷物運んでおいたしー、ちゃんとこっちは前から許可取ってたよ？」

ねー、と真昼に笑いかけた千歳に、真昼も苦笑しつつ頷く。

ちなみに嫌がるような表情ではないので、周も心配はしていないが、出来れば先に言ってほしいところである。周が食材の買い出しをするので、三人なら三人分の食材の用意が必要なのだ。

にまーっと笑う千歳に「オレも周に頼んどけばよかった」と樹は惜しそうにしている。彼だけ一人で帰るのは可哀想《かわいそう》だと思いつつ、着替えがないのでどうしようもない。

「……まあ、真昼がいいってんならいいけど」

「おやぁ周くん、まひるんを取られてご機嫌ななめー？」

「女に妬いてどうするんだよ。真昼は俺のものって分かってるから別にいい」

どちらかといえば真昼が千歳にべたべたされるのが嫌というより、同性だから気軽に家に出入り出来るのが羨ましいといった感じだ。

今度真昼の家にあがらせてもらう約束はしているが、こちらにも覚悟が要るのであっさりと入れる千歳が羨ましかった。

なので今更千歳に妬きはしない、と肩を竦めた周だったが、真昼が頬を赤らめて千歳の方にすすすと逃げていく。

「……千歳さん、これですよ。周くん最近こういう風になってきたんですよ……」

「あやー、これはまひるんも大変ですなあ」

「なんだよその顔」

「別にー?」

ねーまひるん、と先程真昼に同意を求めたのとはまた別の悪戯《いたずら》っぽい千歳の笑みに、真昼はこくこくと無言で頷いて千歳にくっついて恥ずかしそうにこちらを窺うのだった。


『あまねー、あーそーぼー』

「寝る前に何だよ……」

真昼の家に千歳が泊まる事になったので周は普通に祭りの後一人で過ごしていたのだが、寝る前になって千歳からビデオ通話が始まったので自然と眉が寄る。

通話が嫌というよりは寝ると決めて横になったのにいきなりビデオ通話が始まったので、若干の迷惑さと眠さを感じていた。

画面にはアップの千歳がにんまりと笑っている姿が写っていて、絵面《えづら》そのものがうるさいなと失礼な感想を抱きながら周は逆にスマホを遠ざけて枕《まくら》の側に置く。

「あのさあ、俺寝る前だったんだけど」

『うん知ってる。格好からして寝る前の体勢だもんね』

「分かってるなら切ってもいいか」

『やーん。せめてまひるんが帰ってきてからにしてよー』

「そういえば真昼は？」

『おふろー。今日は一緒に入ってくれなかったんだよねえ』

残念、と惜しそうに言っている千歳だが、真昼の選択は正しい。

確実に真昼がリラックスも兼ねたお風呂《ふろ》で疲弊するので、一人で入った方がいいだろう。

『まひるん、周におやすみ言えなくてしょんぼりしてたからこうしてお繋ぎしている訳なんですけどー、周まだ切らないでよ』

「……それを言われたら切る訳にはいかなくなるだろ」

『言わなかったら切ってたよねえそれ』

ひどいなーとけたけた笑った千歳がふっと表情を消して、周を画面越しに見る。

先ほどの茶化《ちゃか》したような雰囲気はなく、どこか達観したような落ち着いた表情をして居て、急な変化に戸惑いしかない。

『ねえ周、聞いてもいい？』

「何だよ」

こうして表情を改めた場合は真剣な質問が来ると分かっているので、無下《むげ》にはせず返せば、千歳の瞳がじっと周を見つめる。

『周ってまひるんの事、どんぐらい好きなの？』

「どんぐらいって」

『周はすごくまひるん大切にしてるから、どのくらい好きなのかなって』

何とも答えに困る質問に眉を下げるが、千歳は表情を変えない。

『……私の偏見というか、んー、一般的に、というか、高校生のお付き合いって一時の戯れー、みたいなところあるじゃん。本気じゃないし、遊びみたいな感じで』

「大輝さんにそう言われたのか」

『やー、なんというか鋭いよねえ』

へらりと笑ってみせた千歳には覇気がなく、どこか萎れたような印象を抱かせる。

スマホを手にしたままころん、とベッドに転がって、そっとため息をついたのが見えた。

『……一時の遊びとかそういうつもりじゃないんだけどねえ。でも、私っていつもヘラヘラしてるから、本気に取られないんだよね。だからっていうか……どれくらい先を見据えてる人が居るのかなあって、気になって』

祭りの時にも片鱗《へんりん》を見せてはいたが、彼女なりに樹の父親である大輝との付き合い方に苦心しているのだろう。樹の母はその辺りは無関心らしいので、乗り越えるべきは大輝の存在だ。

周は千歳の質問にゆっくりと口を開く。

答えは、考える必要もなく出ていた。

「……そうだな。どれくらい好きって聞かれると難しいけど……ずっと隣で笑顔で居てもらうつもりはあるよ」

どれくらい好きかなんて口に出来ない。どう例えていいのか分からない。

ただ確かなのは、真昼を幸せにしたいと思ったし大切にしたい、生涯隣に居て笑ってもらいたい、という想《おも》いで溢れている事だ。

『……そっか』

「千歳はないのか？」

『そんな事ないよ。一生いっくんを笑い転げさせるよもちろん』

「ん、ならそれでいいだろ。お前がそういうならそうなんだ、誰かに言われたからってそれが変わる事はないんだから」

少しムッとしたような返答に笑って周も返せば、千歳がスマホの向こう側でたじろいだような表情を見せる。

『……何かいい男過ぎてむかつく』

「いい女の彼氏だからいい男で居たいだろ」

『わーこの余裕よ……むかつくー』

千歳がこの場に居たなら背中を勢いよく叩かれるであろう声で不満そうに……いや、どことなく嬉しそうに呟いた千歳は『まひるんは愛されてるねえ』と付け足して、笑った。

それから、彼女は振り返る。

同時に『何を話しているのですか？』という聞き慣れた声が聞こえてきたので、どうやら真昼がお風呂から上がったらしい。千歳越しに露出の少ないネグリジェを纏《まと》った真昼が立っている。

千歳の寝巻き姿を見た身としてはあまり説得力がないが、女性の寝巻き姿をまじまじと見る訳にはいかないので微妙に視線を逸《そ》らしつつ耳をそばだてる。

真昼は千歳に近寄ったのか、画面の端で亜麻色が揺れた。

『んー？　まひるんの彼氏はいい男だなあって』

『周くんがどうかしたのですか？』

『人生相談をしていたのじゃあ』

『人生相談……』

『そそ』

当たらずも遠からずといった答えを返した千歳に、真昼は画面の向こうで小さく吐息をこぼす。

むぅ、といった小さな不満を孕《はら》んだ雰囲気に千歳がやや困惑していると、真昼が千歳の隣に座ったのが見えた。

『……私にはしてくれないのですか？』

ほんのり拗ねたように響いた言葉に、千歳が固まって、次の瞬間スマホを放り出した。

スマホの視界が回転するが、スピーカーから『きゃっ』と真昼のか細い声が聞こえたので、

恐らくお得意のスキンシップに移ったのだ。

『……っまひるんは可愛いなあ！　するする、いっぱいする！』

『千歳さん……飛び付いたら危ないですよ』

窘《たしな》めている真昼の声は嬉しそうなので、満更《まんざら》でもないのだろう。

千歳の『えへー』という声が聞こえる。スマホのインカメラはベッドのシーツで埋められているのか暗転しているが、千歳が真昼にべったりしているのは想像出来た。

『まひるんすきー』

『私も好きですよ』

『へへーん、周からまひるんの好きを奪ったぞー』

『えっ、あ、周くんは、その、特別枠ですから……！』

スマホを持ち上げて焦《あせ》ったような声で必死に弁明してくる真昼に、周は小さく笑う。

「知ってるよ、それぐらい」

『……う』

『この二代目バカップルめ』

「元祖は黙ってろ」

千歳と樹も相当なので、とやかくは言われたくない。

「ほら、早めに女子会でもしてさっさと寝ろ、夜更《よふ》かしはお肌の大敵なんだろ」

話がいい感じに終わりかけていたので、周は時計を見つつそう切り出す。

時刻は既に二十三時を過ぎている。あまり夜更かしをしない真昼はそろそろ眠気が襲ってくる事だろう。浴衣という慣れない服を着て歩き回っているし、疲れていて睡魔に襲われる頃合《ころあ》いだ。

実際千歳のスマホを持っている真昼は頬の赤らみは別として少し眠たげであるし、あまり通話を長引かせるのもよくなさそうだ。

『周の口からそういうの聞けるとは思ってなかったわー。まあそれもそうだね、じゃあそろそろ通話切るよ。……ほらまひるん、いいの？』

千歳に促されて何のために千歳が周に連絡をしたのか気付いたらしい真昼は、驚いたように瞳を開けた後、周の方を見て柔らかく微笑む。

『え……あっ。周くん、おやすみなさい。また明日』

「ん、おやすみ。また明日な」

すぐ側に居たら頭を撫でたのにな、なんて思いながらも、今日は女子二人水入らずで楽しんでほしさもあるので表には出さず、お泊まりを楽しんでいるらしい彼女に同じように微笑み返した。

第８話　課題は先に終わらせるもの

「周《あまね》助けて」

「知らん」

シャーペンを携えてリビングの机に向かっている千歳《ちとせ》の泣き言に、周は呆《あき》れも隠さず突っぱねた。

真昼《まひる》宅に泊まった千歳はどうやら課題を終わらせるためにお泊まりを決行したらしい。

周も巻き添えにしようとしたのか周の家ですると勝手に決めてこちらにやってきたが、周は一ヶ月近く前に課題は終わらせて自己学習するだけなので、慌てる必要は一切《いっさい》ないのである。

急いで机に向かう必要もないので、周はソファに座って雑誌を見ながら千歳を見下ろす。

「大体、後回しにして終わらせなかったお前が悪い。計画性を持て計画性を。後で切羽《せっぱ》詰まって嫌な気分に疲れた頭の夏休みで幕を閉じるより、最初苦労して課題終わらせて残りを楽しい夏休みにした方が余程いいと思うが」

「うっ」

「樹《いつき》と一緒に終わらせる事だって出来ただろ。あいつももう終わらせてるし、そもそもあいつはある程度コツコツしてたから同じようにしていたら今困ってない」

「ううっ」

「というか、何で人に頼ったら何とかなると思ってるんだ。解くのはお前だ。今までの怠惰《たいだ》のツケが回ってきただけだろ、足掻《あが》くのはやめて机に向かって課題をした方が早く終わるぞ」

「まひるーん、周がいじめるー！」

周としては正論を言ったつもりなのだが、千歳が真昼に泣き付く。

丁度千歳の分のジュースを注《つ》いできたらしく、トレイにはオレンジ色の液体が注がれたグラスが載っている。

「あんまり強く言いすぎちゃ駄目ですよ周くん」

苦笑しながらも窘《たしな》めるように言って周にオレンジジュースを渡す真昼に千歳は調子づいて「ほらー」と真昼を見習えと言わんばかりの視線を向けてくる。

ただ、真昼は千歳の完全な味方でもない。寧《むし》ろ考え方的には周に近いし、だからこそ課題は先に終わらせて自主学習に移っていた。

コツコツ積み重ね型の真昼ではあるが、夏休みの課題は先に終わらせている。なんでも期限に追われるのはあまりいいものでもないから、やる事はやってあとは勉強内容を忘れないようにしている、との事。

ほぼ周と同じ考えなので、少し安心した。

「ふふ、今の周くんの台詞《せりふ》を昔のお片付け出来てなかった周くんに聞かせてみせたいですね」

「ぐっ、そ、それはだなあ」

種類は違えど正論パンチを真昼にされた事がある周としては、それを言われると何も言えなくなってしまう。

周が言葉を詰まらせているのを見て千歳は「窘められてやんのー」とけたけた笑っている。

そんな千歳に、真昼は穏やかな笑みを浮かべて机にオレンジジュースを置いたところで、ゆっくりと彼女の肩に掌《てのひら》を置く。

「それはそれとして、千歳さん、頑張りましょうか」

「まひるんまで！　味方じゃなかったの⁉」

「私は千歳さんの味方ではありますけど、味方になったところで課題がなくなるかと言われたら違うので。夏休みの始めに一緒にやりましょうかと聞いても遊ぶの優先したの千歳さんですし……」

「ううう」

「完全に自業自得《じごうじとく》じゃねえか」

真昼に誘われていたのに遊ぶ事を選んだのは千歳なので、同情の余地はない。

「千歳さん、たくさん課題が残っているとはいえ、私がついてますので大丈夫ですよ」

「まひるん……！」

「とりあえず夕御飯まで机に向かっていれば半分くらいは終わりますから……ね？」

「やー！」

どこまでもナチュラルに手を伸ばした先にある蜘蛛《くも》の糸を切って絶望させる真昼に、周は千歳を見つつ「可哀想《かわいそう》に」と他人事のように感想を抱いて渡してもらったオレンジジュースを口にする。

一応、本当に困った時、というより真昼が指導に疲れた時には交代するつもりではあるが、甘やかしすぎても調子に乗るので、ほどほどに鞭《むち》を使っていく方向である。

やだー、と嘆きながらも渋々課題をする態勢になった千歳に、周は後で甘いもんでも買ってこようと思いながら彼女の横顔を眺めた。

「つーかーれーたー」

途中軽く休憩を挟みながら必死に課題をこなしていた千歳だったが、流石《さすが》に疲れてきたのか駄々をこねるようにごろごろとカーペットを転がる。

本日はショートパンツだったからよいものの、スカートなら中身が見えそうな動き方をしているので、周は呆れも隠さない眼差《まなざ》しを向けた。

「暴《あば》れてジュースとかこぼしたらどうするんだ」

「その時は土下座する」

「そこまでプライド捨てるくらいなら最初からこぼさないようにしてくれ。それにカーペットとか服汚れたら大変だろ」

律儀《りちぎ》に真昼がテーブルに置いてあった二人分のコップを持っているので心配はないが、置いてあったら事故が起こる可能性もあった。

カーペットにこぼれても怒りはしないが、流石に染み抜きの手間を考えればこぼしてほしくはない。

真昼も「大人しくしないと駄目ですよ」と窘めている。

その微笑みには苦笑が混ざっていて、本気で止める気はなさそうだ。息抜きをさせないと疲れるというのが分かっているのだろう。

「むむー。じゃあ転がるところないからまひるんのお膝《ひざ》にいくー」

「待て、そこは俺《おれ》の指定席だ」

「ケチだなあ。まひるん、だめー？」

「……周くんが駄目って言うなら駄目です」

瞳《ひとみ》を伏せて首をゆるりと振る真昼は、ややぎこちない。

そんな真昼に、千歳は却下された事に不服さを一切見せない、にんまりとした笑顔を浮かべる。

「膝枕《ひざまくら》体験ならずだけどまひるんが嬉《うれ》しそうなのでいいや」

嬉しそうというよりは恥ずかしそうの方が近いのだが、それでも頬《ほお》がほんのりと染まりつつ緩《ゆる》んでいるので、千歳の言う事も間違いではないだろう。

指定席という言葉が嬉しかったのかもしれない。

「じゃあ私の代わりに早く堪能してよー、それ見て課題頑張るから」

「やなこった。からかうに決まってるだろ。俺のには違いないからお前が居ないところでします ー」

「するんだねえ」

「特権だからいいんだよ。ほら、甘いもの買ってきてやるからさっさと課題しろ」

「ほんと⁉」

飛び起きてぱあっと瞳を輝かせる千歳に、かなり現金な少女である事を痛感させられた。

その言葉を待っていました、と言わんばかりの笑顔に、周も真昼も揃《そろ》って苦笑する。

「ご褒美《ほうび》だご褒美。千歳が真面目《まじめ》にするなら今から買ってくる」

「するするー！　流石周、太っ腹ー！　私行きつけの店のがいい！　チーズケーキね！　スフレのやつ！」

「注文つけんのかよ……まあそんな遠くないからいいけどさ……」

近場のケーキ屋と比べればやや遠いしお値段も少しお高めではあるが誤差だし、真昼もあの店のケーキは好きだそうなので行く事に抵抗はない。

「真昼は？」

「え、私ですか……？」

「どうせならまひるんも一緒に行ってくれれば？」

「お前が怠《なま》けるから駄目だ。それに炎天下の中歩かせるのも悪いし」

「私どんだけ信用されてないの……しかし周が紳士なのでここはぐっと飲み込んであげよう」

「お前の分だけ買ってこないぞ」

「それご褒美の意味なくない……？」

「なら黙って大人しく課題こなしてろ」

信じられないといったような眼差しを向けられたがスルーしつつ、真昼に何がいいか聞いてガトーショコラという返事をもらって立ち上がる。

流石に夏場はケーキの売れ行きもやや落ちているとは思うが、売り切れている可能性もなくはない。早めに行くに越した事はないだろう。

「んじゃ、行ってくるわ」

財布を携えてリビングを出れば、しずしずと後ろに真昼がついてくる。

どうやら見送りにきたらしく、周が玄関に座ってスニーカーを履《は》いていると真昼も側《そば》に膝をついてしゃがむ。

「どうした？」

「いえ、暑い中申し訳ないな……と」

「いいよ、俺が言い出した事だし。それより千歳ちゃんと見とけよ」

「ふふ、千歳さんはああいう風に振る舞ってますけど、真面目な時は真面目ですよ？」

「知ってるけど、それでも、だ。まあうまい事休憩挟みつつ頑張ってもらってくれ」

「了解です」

くすりと微笑んで頷《うなず》いた真昼に周も笑って、立ち上がる。

「それじゃあ行ってくるわ」

「あ、待ってください周くん、ちょっといいですか？」

呼び止められて振り返ると、真昼が急に周の胸にもたれてきた。

いきなりの事に硬直すれば、真昼はもぞもぞと背中に手を回して周にぴったりと体を寄せる。

ふんわりと香る甘い匂《にお》いと柔らかい感触に、呻《うめ》き声が漏《も》れそうになる。なんとか堪《こら》えつつとりあえず真昼の頭を撫《な》でると、くすぐったそうに瞳を細めた真昼が顔を上げた。

「……今日は勉強でちょっと疲れたので、補給させてもらいました」

小さな囁《ささや》きに、堪《たま》らず周も真昼を抱き締めると恥じらいを瞳に浮かべつつも嬉しそうな笑顔を浮かべている。

「……そういう事言われると、離したくなくなるんだけど」

「それは困りますね、千歳さんが悲しんじゃいます」

「……千歳が帰ったら、いい？」

「願ってもない事ですね」

頷いてもう一度周の胸に顔を埋《うず》めた真昼に、周はさっさと用事を済ませて帰ってくる事を心に誓った。


それを見つけたのは、千歳と真昼のためのケーキを買って帰った際、エントランスにある郵便受けを覗《のぞ》いた時だった。

いつもの広告に紛《まぎ》れて、見覚えのない封筒が一通入っていた。

丁寧な字で『藤宮《ふじみや》周様』と書かれていて、一体誰《だれ》がこんなものをと何気なく捲《めく》って、目を疑った。

裏には、送り主の名が書かれている。

――椎名朝陽《しいなあさひ》、と。

(……真昼の父親、だよな)

母の名は小夜《さよ》だと聞いているので、母の名ではない。

そして、周の事を知っているのは恐らく彼だけだろう。

恐らくあの時真昼が迎えに来たところを見られていたのだ。軽く調べれば、周が真昼と親しくしているのも見えてくる。

ただ、周にわざわざ手紙を送る理由が分からない。実の娘相手ならまだしも、娘の彼氏に送る必要が見えなかった。

真昼いわく自分に関心を持っていない、という事ではあるが、関心がないなら様子を見に来たりはしない。

真昼の父親の意図が全く見えなかった。

困り果てて、とりあえず一度家に戻って千歳が帰宅してから開く事に決めて、バッグの中に手紙をしまい込んだ。


「帰ってきてから様子が変なのですけど、何かありましたか？」

課題をひいこら言いながら七割程終わらせて千歳が帰宅したところで、真昼は周の顔を覗き込んできた。

真昼が帰ったら手紙を開封しようと思っていたのだが、隠し事があるのに気付いたらしい。

隠したい、というよりは手紙に記された用件が分からないので迂闊《うかつ》に真昼に知らせない方がいい、という判断だったのだが、真昼に怪しまれるくらいなら最初から隠さなかった方がよかったかもしれない。

「あー、いや、なんつーか」

「はい。……あ、私に言いたくない事なら無理には聞きません」

あくまで周の意思を尊重する、といった姿勢の真昼に、周は組んだ足を戻しつつ、彼女を見やる。

「言いたくないというか、真昼が聞きたくないかもしれないというか」

「私が聞きたくない……ああ、そういう事ですか」

両親の関係だと気付いたのだろう、次の瞬間には淡く苦笑している。

「まさか、あの人がまたこの辺りに居たのですか？」

「いや、そうじゃないけど……俺宛《あて》に、手紙が」

「周くん宛に？　送り主は？」

「……椎名朝陽って書いてた」

「ならうちの父親ですね」

あっさりと頷いた真昼の表情は、思ったよりもショックの色が見受けられない。実に淡々とした様子で、ショックというよりはただ少し驚いているといった感じだ。

ただ、若干眼差しが冷たくなっているのは、彼女が両親から受けた仕打ちのせいだろう。

「まあ、何故《なぜ》周くんに手紙を送ったかとかどうやって私と周くんの仲を知ったのかとかそのあたりは気になりますが、私が関与する事ではないでしょう」

「中身、気にならないのか？」

「他人に宛てた手紙を覗く趣味はないです。私の父からであろうと、宛先《あてさき》は周くんですので」

きっぱりと言い切った真昼に、自分が気を使いすぎて逆に真昼に気遣わせているな、と感じた。

といっても、真昼も受け入れているというよりはむしろ関《かか》わりたくないといった風に見える。いつもより少しだけ落ち着きなく視線を揺らした彼女は「読むならどうぞ。席でも外しましょうか？」とひんやりした声で尋ねられ、周は小さく苦笑して首を振る。

「ん……なんつーか、側に居てほしいというか。真昼が嫌なら一人でもいいけど、彼女の親からの手紙って緊張するからさ」

「それならここに居ます。……手紙の内容を私に知らせるかどうかは、周くんに任せます」

そう言って机の上にあった参考書を読み出す真昼に、周はそっと息を吐いて、側に置いていたバッグの中から封筒を取り出す。

きっちりのり付けされたそれを丁寧に開けて中に入っていた便箋《びんせん》を取り出し、したためられていた文に目を通した。

簡潔にまとめると、会って話したいという旨《むね》と、連絡先が載っている。

真昼の様子を見にきたのではなかったのか。何故《なぜ》、周という父親にとってはほぼ無関係の人間を呼び出すのか、全く分からない。

（……なんでまた俺に）

「……なんか、俺に会いたいそうで」

「娘ではなく周くんにですか。そうですか」

いっそうひんやりとした声になっていたので思わず真昼の頭を撫でると、くすぐったそうに目を細める。

「いえ、怒っているとかではなくて……純粋に、意味が分からないのです。何故周くんに会おうとするのか、理由が分かりません」

「……普通なら、娘に男が近寄っているから、とかだけど」

「あり得ませんね。今まで放置していたのに今更《いまさら》口出しするなんて」

「……これ、どうしたらいいと思う?」

「私は別に、会う事に制限はかけるつもりはないですよ」

本当に周に任せる気らしく、非常に淡白な返答がきた。

「ああ、危害を加えられるという点の心配であれば、要らないと思いますよ。あの人は親としては資格なしだと思いますが、その他では常識的な人だと思いますし何か脅しをかけるような人でもありませんので。……父の事をあまり知らない身で言うのも変な話ですけどね」

「……真昼」

「何を企《たくら》んでいるのかは知りませんが、他人に害をなす人でもないのでそこは安心してもいいですよ。行くも行かないも、周くんの自由です」

そう言って周に体を預けるようにもたれてきた真昼に、周は「そっか」と小さく返して、もう一度手紙を眺めた。

第9話 かつて望んだ望まぬ出会いと、決意

夏休み最終日。

例年通りならどこにも出かけず家で休んでいた。真昼《まひる》が居るから尚更《なおさら》家で寛《くつろ》ぐ日だったが、今日の周《あまね》は違う。

人に会う事に失礼のない程度には身なりを整えて、約束の地へと向かっていた。

(……あまり時間がかからないといいけど)

見知らぬ人と話す緊張からではない。話が長引けば長引く程、真昼の不安が膨れ上がるからだ。

会いに行くと伝えた時の真昼は平静を装っていたが、決していい気持ちではなかっただろう。何を言われるのか、周はどう思うのか、と悩んでいるのが見えたのだ。

周としてもそんな状態の真昼を長い間一人にしたくはないので、出来るだけ素早く相手の真意を確かめなければならない。

やや心情的に重い足取りで待ち合わせ場所に向かえば、周の自宅からそう離れていないカフェの入り口付近で、周は目的の人物を見つけて背筋を伸ばした。

視線の先では、普段見慣れた亜麻色《あまいろ》の髪とカラメル色の瞳《ひとみ》をした、白皙《はくせき》の穏やかそうな男性が立っている。

一度だけすれ違って軽く話をした男性。名乗りあってはいないが、周は彼の名を真昼から聞いて知っていた。

「椎名朝陽《しいなあさひ》さん」

声をかければ、彼——椎名朝陽は、周の方に視線を向けて淡い微笑《ほほえ》みを浮かべた。

「初めまして……ではないけど、こうして互いを認識した状態で会話するのは初めてかな」

「……ええ、そうですね。話自体は真昼から伺《うかが》っています」

真昼と呼び捨てした事に動揺は見られないので、おそらくその辺りもきっちり調べているのであろう。

周の言葉に朝陽は苦笑にも似た淡い笑みを浮かべる。

気弱というよりは穏やかそうな印象で、真昼を育児放置したような非道な人間にはパッと見では見えなかった。人間見た目によらない、というので、あくまで印象面だけだが。

「それなら話は早いね。ちょっとお時間いただけるかな」

「そのために呼んだのでしょう?」

「そうだね。急な申し出を受けてくれてありがたい限りだよ。頼んでおいて何だけど、まさか承諾されるとは思っていなくてね」

「わざわざ俺《おれ》を呼び出したのは何のためか気になりましたので。……俺ではなくて真昼に会うべきでは、と思いますけどね」

目的が分からないのであれば友好的に接するべきだと思ったが、どうしても耐え切れずに言葉に一つトゲを混じらせてしまった。

それを正しく受け取ったらしい朝陽は、困ったように眉《まゆ》を下げた。

「それを言われるとそうだけど……あの子は僕と会いたくないだろうからね」

苦い笑みを浮かべる朝陽の姿は、後悔を滲《にじ》ませているように見えた。

真昼の境遇には憤りを覚えたし許せないと思うが、目の前の男が血も涙もないような人間には思えない。それならわざわざ娘に静かに接触しようとはしないだろう。

だからこそ、より疑問は深まる。

何故《なぜ》、直接的に真昼と会わず、その親しい人物である周にこんな回りくどい形で接触を図ったのか。

彼が何を考えて何を求めているのか、まだ分からない。

周の探るような眼差《まなざ》しに気付いたのか、朝陽は頬《ほお》をかいて困ったように微笑んだ。

「君も多分僕に色々と聞きたい事があるのだろう？　こんなところで長話もなんだから、そこのカフェに入ろうか」

流石《さすが》にカフェの入り口付近で話し込む訳にもいかないので、朝陽の提案に頷《うなず》き彼と共にカフェの中に入った。

「好きなものを頼んでいいよ。貴重な夏休み最終日にこちらから呼び出してしまったからね」

周もたまに入るこのカフェは予約制ではあるが個室があり、朝陽が前もって予約していたのかその個室に通された。

向かい合うように座ったところで、柔和《にゅうわ》な顔立ちに笑みを浮かべた朝陽がメニューを勧める。

ではお言葉に甘えて、と告げてからメニューにあったコーヒー付きの日替わりケーキセットを告げれば、彼も同じものを店員に頼んでいた。

それから頼んだものが届くまで、彼は穏やかな表情のまま口を開く事はなかった。

店員にもあまり聞かれたくない話だからこそ黙っているのだろうが、自分の父親とほぼ歳《とし》も変わらない男と向き合って座っているのだ。非常に気まずさを感じる。

気まずさを紛《まぎ》らわすためにも今日こちらから聞きたい事を脳内で整理して、三回ほどそれを繰り返したところでようやく注文した品が目の前に並べられた。

「で、俺に何の用ですか」

店員が去ったのを確認して、周から口を開く。

いきなりの事で少々不躾《ぶしつけ》ではあったが、朝陽は気を害した様子もなく小さく笑う。

「そうだね。娘とお付き合いしているみたいだから、あの子がどんな風に過ごしているのか聞いてみたかった……と言えばいいのかな」

「……別に、普通ですよ」

「警戒してるね」

「されないと思うのですか？」

「そうだね、されない方がおかしいね」

納得したように頷く朝陽に、周はどうしたものかと唇に力を入れる。

たとえば、真昼の母親のような娘に冷酷な人間であれば、周も強気に出られたし、対応も幾《いく》らでも出来た。

ただ、彼からはどちらかと言えば娘を心配するような雰囲気が感じられるし、とても育児放棄していたようには思えない。会話しただけだと善良な父親のようにも思えてしまう。

それ故《ゆえ》に、何故実際に真昼を見放したのか、とも思ってしまうのだが。

もしかしたら友好的な態度を見せておいていざ真昼と接触する機会を得た途端変貌するかもしれないのだが、そんな雰囲気でもないと周の勘が告げている。

「俺からも聞きたいのですが、今更わざわざ真昼に近づこうとしていたのは何故ですか」

今更、というところに嫌味がこもってしまったのは、真昼が深く傷ついていたのを見てきたからだろう。

彼女は何年経《た》っても刺さったトゲが抜けず、苦しんでいたのだ。

ようやく最近トゲも抜け傷も癒《い》えてきたのに、そこで新たな傷が増やされてはたまったものではない。

一緒に歩んで行くつもりの周としては、余計な傷を負わせたくない。不必要な苦しみを味わわせるのは御免被《ごめんこうむ》りたい。

真昼と支え合って生きていくにあたって、負傷が避けられるなら避けるし火の粉を払えるなら払うつもりだ。

「……君は本当にあの子を大切にしているのだね」

向けた敵意には同じものを返されず、ただ感心したような、少し嬉《うれ》しそうな眼差しを向けられた。

「別に連れ戻そうとかそういう事は考えていないよ。君が心配するような、あの子の生活を脅かすような真似《まね》はするつもりがない」

「……本当に？」

「もちろん。……少なくとも僕にはあの子の今ある生活を邪魔する権利はないし、しようとも思っていないからね」

「では、本当に何故、真昼に接触を図るのですか」

「……そう聞かれると説明が難しいね。顔を見に来ただけなんだよ」

「あなたから真昼を捨てたというのに？」

他人であり部外者が言うべき台詞《せりふ》ではないと自覚していた。

それでも——彼女の両親が真昼にした仕打ちを、許せるものではない。

彼らのせいで、真昼は傷つき続けて、それを隠すために愛らしく完璧《かんぺき》な少女の殻《から》を被《かぶ》った。

愛されたいと願って手を伸ばした。

それに報いの一つすらくれてやらなかった人間が、どうして今になって真昼を視界に映したのか。

気まぐれで手を伸ばしたなら、周はその手を払い除《の》けてしまいたい。たとえ周の身勝手な憤りだと言われても、これ以上、真昼が痛いと泣いてしまうような事から引き離すつもりだ。

周にしては珍しい明確な敵意を向けられた朝陽は、怒るでもなく、ただ静かな表情でその視線を受け止めている。

「君もはっきり言うんだね」

怒りを向けられても凪《な》いだ眼差しだけしか返さない事が、余計に周の激情に燃料として注《そそ》がれてしまう。

爆発《ばくはつ》しないのは、テーブルの下で拳《こぶし》を握り締めて衝動を逃しているからだろう。

「そうだね、今更僕に、あの子の親ぶる権利はないと思うよ。あの子も僕を父親だと認識しているかすら危ういだろうし。血の繋《つな》がった他人程度に思ってるんじゃないかな」

「……それを自覚しているくらいには、ご自分がなさった事を理解しているのですね」

「自分のした事にいつまでも目を背《そむ》けていられないからね。……僕と小夜《さよ》は、あの子の親と名乗れるような事はしてきていない。世間ではネグレクトと呼ばれるような事をしてきただろうね。非難されて当然だよ」

穏やかに、だが冷静に自分達の所業を客観視する朝陽の姿に、周は唇を噛《か》み締《し》めた。

(何故、もっと早く)

もっと早く、我が身を省みる事が出来なかったのか。

出来たなら、真昼はあんなにも傷つかなかったし、母親からの愛情は得られずとも、父親からは愛情を得られた未来があったのかもしれない。彼女が幸せに笑う未来があったのかもしれない。

どうして今更悔い改めるのか。どこに怒りを向ければいいのか分からなかった。

周が怒る資格はないのかもしれない。理不尽な怒りなのかもしれない。

それでも、思わざるを得ないのだ。

何故、もっと早く彼女に手を差し伸べてやらなかったのか、と。

これが外であったら声を荒らげて胸倉《むなぐら》を掴《つか》んだのかもしれないが、理性を残している周は、店内で騒ぎを起こして真昼の事だと他者に知られる訳にはいかないと、もしもを考えて耐えている。

それを考えてのこの場所なら彼も大した策士なのだろう。

「困るなら、産まなければよかったのに。……これ、誰《だれ》が言ったと思いますか。真昼本人が言ったんですよ。あなた達がそう言わせるくらいに、真昼を追い詰めたんです」

「……そうだね」

声が震えるのを何とか抑えながら血を吐きそうな声で平坦《へいたん》に告げれば、悟り切って全《すべ》てを受け入れるような眼差しが向けられる。

それが、余計に腹立たしく思えてしまった。

「真昼を放置しておいて今更後悔するくらいなら、最初からそんな態度を取らなければよかったんです。そうしたら、真昼はあんなに傷つかずに済んだのに」

「返す言葉もないよ。……もちろん、僕は親として最低の事をしてきた自覚があるよ」

「……なら、本当に、何故今更……真昼に会おうとするのですか。俺は、あなたと真昼が会う事で傷つくなら、会わせたくない。部外者の出すぎた発言だと分かっていても、真昼が苦しむくらいなら会わせたくないです」

本来は親と娘が会うのを邪魔する訳にはいかないが、今回ばかりは真昼が会う事を望んでいないので、こういった強い語気になってしまった。

たとえ目の前の人間に責められようと、周は譲るつもりがなかった。

朝陽は周の鋭い視線を申し訳なさそうに受け止めて、苦い笑みを浮かべる。

「何故あの子に会いたがるのか、か。……どうしてだろうね」

「はぐらかすのですか」

「はぐらかすつもりはないよ。ただ、中々に言語化するのは難しくてね。……そうだな、今のうちに会っておこうと思ってね」

「将来的に会えなくなる、もしくは会わないつもりという事で?」

「そうだね」

肯定した朝陽に、口の中に苦いものが滲《にじ》む。

「……身勝手ですね」

「そうだ、身勝手だよ。それを変えるつもりもないし、もう変えられるものでもない。ただ、あの子をこれ以上不幸にするつもりもないよ。だから、むしろ嫌われていた方がいいのかもね」

「意味が分かりません」

「いずれ分かるさ」

達観したような眼差しに、周は彼がこれ以上話すつもりがない事を悟って、追及をやめる。

「聞きたい事は、まだあるかな?」

「……いいえ、俺はもういいです」

「そうか。……では、僕からも一つだけ聞かせてくれないかな」

「どうぞ」

「……あの子は、今幸せかな」

何を聞くつもりだろうか、と少し身構えたのだが、朝陽は変わらない穏やかな表情で問いかけた。

まるで娘の幸せを願うような声と眼差しに、周は拳《こぶし》を握った後一度ゆっくりと息を吐く。

「……それは本人に聞かないと分かりませんが、俺が幸せにしたいと思っています。幸せにする自信もありますし、幸せにしてみせます」

それは、願望であり、自負であり、そして決意の言葉だった。

あの、心優しく繊細で、誰よりも愛に飢えた少女を、手放すつもりはない。

彼女にはずっと笑顔でいてほしいし、この手で幸せにしたい。幸せにすると決めている。誰がなんと言おうと、その意思は曲げるつもりがなかった。

決して大きくはない声量だが揺るがない声できっぱりと言い切ると、向かい側のカラメル色の瞳が大きく見開かれ、次の瞬間には紛れもない安堵《あんど》で緩《ゆる》んだ。

「そうか。それが聞けてよかったよ」

柔らかい笑顔を浮かべた姿は、どこか真昼を想像させた。

「……僕が頼める義理ではないけれど、あの子の事をお願いします」

「頼まれなくとも幸せにしますので」

「そうか……ありがとう」

失礼だと咎《とが》められてもおかしくない声や態度であったのに朝陽は嬉しそうに笑ったので、周は何とも言えないもやもやを感じつつも「礼を言われる筋合いはないので」と先ほどよりも少しだけトゲを抜いた声で返した。


朝陽と別れて家に帰ると、真昼はいつものように静かな面持ちでソファに腰かけていた。

普段は周の家に居た場合周が帰ってくると玄関まで迎えに来てくれるのだが、今日ばかりはそうもいかなかったのだろう。

落ち着いた、というよりは無理に落ち着かせたような、どこか違和感のある静謐《せいひつ》さをたたえた真昼は、周に表情を和らげる事なく視線を向ける。

「話してきたよ」

「そうですか」

少しひんやりとした声音《こわね》は、周に向けられたものというよりは努めて冷静でいようとするが故のものだろう。

そんな真昼に周はなるべく穏やかな眼差しを送り、静かに真昼の隣に腰かける。

真昼は周が隣にくると周にもたれるようにそっと体を寄せて周に寄り添う。それはいつものような甘いものではなく、どこかすがり付くような雰囲気を漂わせていた。

(……不安だったんだろうな)

何でもないように装ってはいるが、自分を放置してきた父親が今になって、それも彼氏に接触してきたのだ。

真昼は父親をそうひどい人柄の持ち主だとは思っていないようだが、それでもやはり不安なものがあるのだろう。

「真昼が恐れているような事はなかったよ。……想像していたよりも、ずっと静かな人だった」

「そう、ですか」

「……話した内容は、言った方がいい？」

「どちらでも。周くんが話した方がいいと思うなら話してください」

周に任せると言いつつもどこか聞くのを恐れている真昼に、周は震えそうな手を握る。

周としては、一応言うべきだとは思っている。

娘に会わず彼氏に会った父親が何を考えているのか、周も全て分かった訳ではないが、それでも彼が真昼を不幸にするつもりがない事くらいは伝えるべきだろう。

「朝陽さんは、真昼をどうこうするつもりはない、というのは確かだよ。今の生活を壊すつもりはない、と聞いた」

「……それならよかったです」

「それから、真昼に会いたがっていた理由だけど、全部は教えてくれなかった。ただ、会えなくなるし会わなくなるから、その前に一目見ておきたかった……といった感じの事は言っていたよ」

周の言葉に、真昼は「今まで会わなかったのに今更ですね」と呟《つぶや》く。

ただ、その声音は、軽蔑《けいべつ》するようなものというよりは、苦渋に満ちたものだろう。

「……俺から見た感想だけど、朝陽さんは現状真昼の事をどうでもいいとは思っているようには見えなかったよ。……幸せを願っているようにすら見えた」

だからこそ、訳が分からないのだ。

どうして今になって娘の幸せを願うのか。後悔するくらいなら最初から育児放棄なんてしなければよかったのだ。そうすれば、真昼は孤独を抱えずに済んだのに。

言いにくそうに告げた周に、真昼はそっとため息をついた。

「……正直な話、私は親という存在がよく分からないのです」

小さな、しかしよく通る声音が、言葉を紡《つむ》ぐ。

「お金さえ与えていれば養育の義務を果たしたと思っている、血の繋がりがあるだけの他人。これが私の両親に対する印象です」

淡々と、ただ本音を告げていく真昼の表情は、いつもより硬く、そしてどこか生気の薄さを感じさせた。

「いつだって、あの人達は私を見てくれなかった。どれだけいい子にしていても、見てくれなかった。私が手を伸ばしても、その手が取られる事はなかった。……だから、私が手を伸ばすのをやめるのは、当然の事です。期待しなくなるのも、当然の事です」

今まで見向きもされなかったからこそ、真昼が両親に期待するのをやめたのは、感じている。

そしてその判断を間違っているとは思わない。子供心ながらに親に愛されない、期待が出来ないと悟ってしまった真昼が、自衛のために求める事をやめるのは、仕方のない事だ。

「……父は仕事が出来て人柄としてはよい人だというのは、知っていました。それでも、私を見てくれなかった事には変わりがなくて、私は父をどう見ればいいのか分かりません。今更、私を気にされても、困ります」

「うん」

「……本当に、なんで今更」

「うん」

「もっと早ければ、私は」

真昼の言葉は、続かなかった。

ただ、震えたような呼気だけが聞こえ、すぐに彼女の唇は閉ざされる。

きゅっと結ばれた唇は力が入っているのかわなわなと震えており、瞳も瞬きが多い。どこか泣きそうに瞳を湿らせた真昼は、それでも涙をこぼす事はなく、ただ静かに内心に起きた嵐《あらし》をやり過ごそうとしているように見えた。

その姿が儚《はかな》くとけて消えてしまいそうで、周は真昼を抱き締めて胸に顔を埋《うず》めさせる。

以前真昼が母親と会った時は、ブランケットで覆《おお》い隠した。

今回は、そんな隠すものがなくても、周が全て包み隠して受け止める。

周に包まれた華奢《きゃしゃ》な体が震えるが、嗚咽《おえつ》は聞こえなかった。

ただ、顔を上げるつもりはないのか、そのまま周に身を委《ゆだ》ねてしばらくの間平たい胸に顔を埋めていた。

顔を上げた真昼は、目元を赤くしている訳ではない。

周に包まれて少し落ち着いたのか、瞳こそ少し揺らいでいるが、苦しくて仕方ないといった様子ではない。

「……真昼はどうしたい？」

落ち着いた頃合《ころあ》いを見計らってかけた言葉に、真昼は瞳を伏せた。

「……分かりません。ただ、私は今のままでいいです。今更出てこられても、私はあの人を正しく親と認識出来ません」

「そっか」

「……私は、娘としておかしいのでしょうか」

「それは人の見方によって変わるから、一概には言えないよ。ただ、真昼の考え方になってもおかしくないと思うし、それを否定しない。真昼がそう思うなら、それでいいと思う。俺は真昼の考えと選択を受け入れる」

「……はい」

おかしいおかしくないなんて周が決める事ではない。

個人的な事を言えば、真昼が両親を親と認識出来なくてもおかしくはないのだ。親らしい事をされていないのに、愛情を受けていないのに、親として扱うなんてものは無理だ。

「真昼が選んだ事を支持するよ。俺はまだ他人だ。家庭の事情に深入りは出来ない。ただ、真昼の意見を尊重するし、何があっても支えるから」

「……うん」

「ずっと側に居るから。不安になったら、いつでも寄りかかってくれ」

もう、周は決めているのだ。

真昼を手放してやるつもりはない、生涯寄り添って生きていくのだ、と。

藤宮《ふじみや》家の人間は愛情過多、というのを過去に両親の友人から聞いた事があるが、自分もれなくそうなんだ、というのを自覚して、周は小さく笑う。

絶対に、真昼への想《おも》いが失われる事はない、と感じていた。

予感ではなく、確信している。

元々一つのものを好きで居続ける性質だ、その対象が人になっても変わらないだろう。

愛《いと》おしい少女は、周の言葉にくしゃりと顔を歪《ゆが》め、それから逃がさないと言わんばかりに周の背中に手を回した。

「……本当に、側に居てくれますか」

「もちろん」

「……じゃあ、帰りたくないです、一人にしないでください……って言ったら、周くんは受け入れてくれるのですか」

どこか湿っぽさを感じる囁《ささや》きに、周は「当たり前だろう」と事もなげに返す。

「真昼が望むなら、ずっと側に居るよ。ずっと、隣に居るから。……予行演習で、泊まってみる？」

わざと茶化《ちゃか》すように問いかければ、言葉の意味を理解したらしい真昼が泣きそうな顔から一転して顔を真《ま》っ赤《か》に染めた。

周は周で自分が何を言っているのか自覚はしているので気恥ずかしいのだが、真昼が瞳をぐるぐるとさせて羞恥《しゅうち》に固まっているのを見ると、余裕が生まれる。

「……心配しなくても、真昼は一人にはならないから、安心してくれ」

心臓の高鳴りを隠しつつそっと囁くと、真昼は先程とは違う意味で瞳を潤ませて、頷いた。

あとがき

本書を手にとっていただきありがとうございます。

作者の佐伯《さえき》さんと申します。お隣の天使様第六巻楽しんでいただけましたでしょうか。

前巻は短編集でしたが今巻から本編に戻りました。夏休みはまだまだ続いているよ！な巻です。

実家でいちゃつきつつ自分に繋がっていた過去の縁を一つ一つ整理していく周《あまね》くんと、それを見守りつつ自分の過去を思い返す真昼《まひる》さん。二人は性格的には似ていますが生い立ちは正反対な所があるので、そこもまた今後気にしていただけたらと思います。

ただまあ何だかんだ周くんばっちり成長しているので、真昼さんの全部抱えて笑って幸せにするくらいの器はあるんじゃないかなと。一巻と比べると本当に変わったなと作者も思います。誰がこんな彼女溺愛青年になると予想したよ。

それから前巻から引き続き樹《いつき》千歳《ちとせ》の環境にもちょろっと触れておりますが、二人も何だかんだ苦労しております。この二人のお話もまた今後本編で触れていくつもりです。

今回もはねこと先生に素敵なイラストを描いていただきました。もう毎回素敵としか言えない語彙力よ。

六巻は夏休みの続きという事で浴衣を表紙にしていただきました。清楚の極みといった美少女具合です。こんな美少女連れてる周くんに嫉妬の嵐です。

今回も天使の羽が表紙に隠れているので皆様も探してみてね！

あと口絵の添い寝状態がとてもたまらんです。なんか露出はあんまりないのにそこはかとなくえっｔ（文字はここで途切れている）

健全！　ちゃんと健全だよ！　へたれもとい紳士な周くんが何か出来る筈ないでしょ！

とか言いつつ限界はあるので周くんはいつまで我慢出来るのか楽しみですね（他人事）

それでは最後になりますが、お世話になった皆様に謝辞を。

この作品を出版するにあたりご尽力いただきました担当編集様、ＧＡ文庫編集部の皆様、営業部の皆様、校正様、はねこと先生、印刷所の皆様、そして本書を手にとっていただいた皆様、誠にありがとうございます。

また次の巻でお会いしましょう。

最後までお読みいただきありがとうございました！

世話好きな隣人にいつしか心溶かされる
焦れ焦れ甘々ラブストーリー

2023年
TVアニメ
放送!

TVアニメ お隣の天使様にいつの間にか駄目人間にされていた件

CAST

藤宮 周：坂 泰斗　椎名真昼：石見舞菜香
赤澤 樹：八代 拓　白河千歳：白石晴香

STAFF

原作：佐伯さん　キャラクター原案：はねこと　監督：今泉賢一
シリーズ構成：大知慶一郎　キャラクターデザイン：野口孝行
音楽：日向 萌　制作：project No.9

アニメ公式サイト https://otonarino-tenshisama.jp/
アニメ公式Twitter @tenshisama_PR

©佐伯さん・SBクリエイティブ／アニメ「お隣の天使様」製作委員会

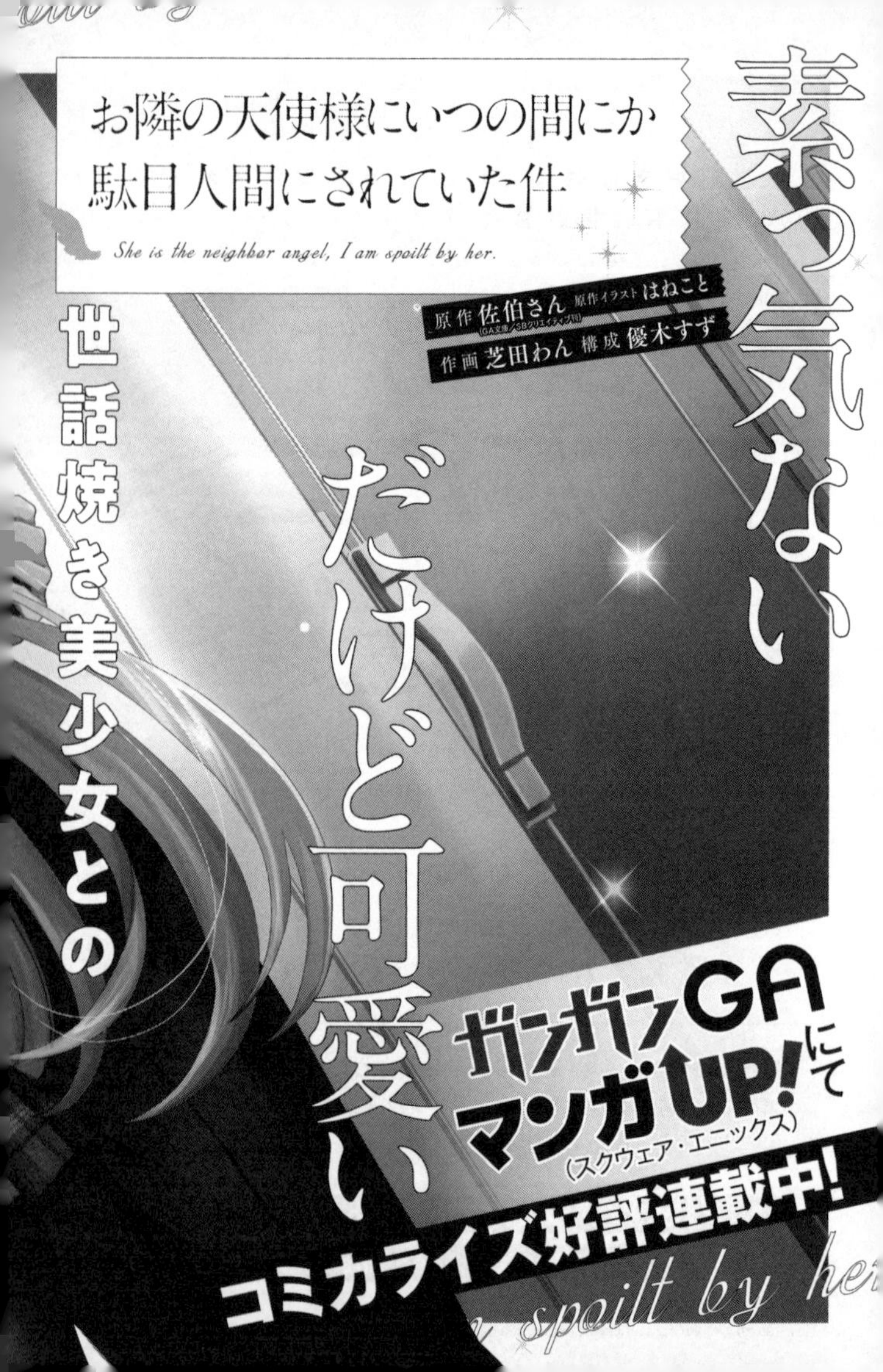

お隣の天使様にいつの間にか
駄目人間にされていた件
She is the neighbor angel, I am spoilt by her.
原作 佐伯さん (GA文庫／SBクリエイティブ刊) 原作イラスト はねこと
作画 芝田わん 構成 優木すず
素っ気ない
だけど可愛い
世話焼き美少女との
ガンガンGA
マンガUP!
(スクウェア・エニックス)
にて
コミカライズ好評連載中!
spoilt by her

©Wan Shibata/SQUARE ENIX　©Suzu Yuki/SQUARE ENIX

ファンレター、作品の
ご感想をお待ちしています

〈あて先〉

〒105-0001
東京都港区虎ノ門2-2-1
SBクリエイティブ（株）
GA文庫編集部 気付

「佐伯さん先生」係
「はねこと先生」係

本書に関するご意見・ご感想は
右の QR コードよりお寄せください。

※アクセスの際や登録時に発生する通信費等はご負担ください。

https://ga.sbcr.jp/

お隣の天使様に
いつの間にか駄目人間にされていた件 6

発　行　　2022年5月31日　初版第一刷発行
　　　　　2024年12月23日　第十五刷発行
著　者　　佐伯さん
発行者　　出井貴完

発行所　　SBクリエイティブ株式会社
〒105-0001
東京都港区虎ノ門2-2-1

装　丁　　AFTERGLOW

印刷・製本　中央精版印刷株式会社

乱丁本、落丁本はお取り替えいたします。
本書の内容を無断で複製・複写・放送・データ配信などをすることは、かたくお断りいたします。
定価はカバーに表示してあります。
©Saekisan
ISBN978-4-8156-1200-9
Printed in Japan　　GA文庫

優等生のウラのカオ　～実は裏アカ女子だった隣の席の美少女と放課後二人きり～

GA文庫

著：海月くらげ　画：kr木

「秘密にしてくれるならいい思い、させてあげるよ？」

　隣の席の優等生・間宮優《まみやゆう》が“裏アカ女子”だと偶然知ってしまった藍坂秋人《あいさかあきと》。彼女に口封じをされる形で裏アカ写真の撮影に付き合うことに。

「ねえ、もっと凄いことしようよ」

　他人には絶対言えないようなことにまで撮影は進んでいくが……。

　戸惑いつつも増えていく二人きりの時間。こっそり逢って、撮って、一緒に寄り道して帰る。積み重なる時間が、彼女の素顔を写し出す。秘密の共有から始まった不純な関係はやがて淡く甘い恋へと発展し——。

　表と裏。二つのカオを持つ彼女との刺激的な秘密のラブコメディ。

痴漢されそうになっているＳ級美少女を助けたら隣の席の幼馴染だった６

著：ケンノジ　画：フライ

GA文庫

「わたしと諒くんが揃えば最強なんだよ」

伏見姫奈を主演に、夢への一歩として始めたコンクール向けの映画製作も終わり、気づけば２学期。コンクール応募と文化祭に向けた映画撮影、花火大会とイベント尽くしだった夏休みをきっかけに、また一歩距離が近くなった姫奈と高森諒だったが、その一方で、鳥越静香と姫嶋藍たちの恋も再び静かに動きだす……。

「高森くんのにおいするね」「私は今からあなたにキスをします」

進展するヒロインたちの一方通行な想い。そして、ますます積極的になっていく姫奈の気持ち。それぞれの不器用な想いがすれ違う幼馴染との甘い恋物語、第６弾。

第18回 GA文庫大賞
GA文庫では10代～20代のライトノベル読者に向けた魅力溢れるエンターテインメント作品を募集します！
創造が、現実《リアル》を超える。
イラスト／りいちゅ
大賞賞金300万円＋コミカライズ確約！
◆募集内容◆
広義のエンターテインメント小説（ファンタジー、ラブコメ、学園など）で、日本語で書かれた未発表のオリジナル作品を募集します。希望者全員に評価シートを送付します。
※入賞作は当社にて刊行いたします。詳しくは募集要項をご確認下さい。
全入賞作品を刊行までサポート!!
応募の詳細はGA文庫公式ホームページにて
https://ga.sbcr.jp/